時空潛水

The Time To Save You

李庚熙 著
黃莞婷 譯

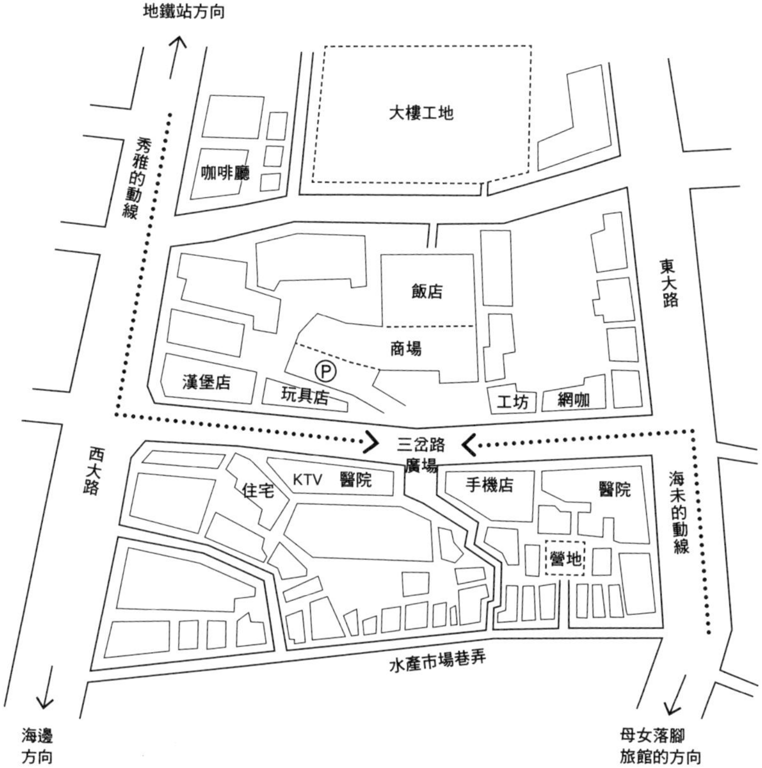
地鐵站方向
大樓工地
咖啡廳
秀雅的動線
飯店
商場
東大路
漢堡店
玩具店
工坊
網咖
三岔路
廣場
西大路
住宅
KTV
醫院
手機店
醫院
海未的動線
營地
水產市場巷弄
海邊
方向
母女落腳
旅館的方向

目次

那一天，在那裡

0
2025——海雲臺

#守則1　潛水員不能與過去的自己相遇。

似乎永遠不會結束的墜落結束了，海未的潛水開始了。

落地的海未邁出通道，環顧四周。這裡是水產市場，狹隘的通道兩旁陳列著一排排的水槽。晚夏的酷熱空氣中瀰漫著潮濕的魚腥氣息，死去的海鮮在氧氣被斷絕的水槽上方漂浮。日復一日的乏味景象。

一陣氣急敗壞的爭執聲。是一對中年夫婦。海未若無其事地從他們身邊走過。她早已預料到他們對話的內容。更正確地說，她記得。如果她沒記錯的話，男人即將發問：這到底是怎麼回事？

「這到底是怎麼回事？」

這時候，男人身邊的妻子指了遠方。

「那邊的核電站爆炸了！電視裡都在叫我們撤離。」

「唉呦，瘋了！瘋了！是要我們怎麼辦？」

「你還愣著幹嘛？趕緊收拾行李。趁路還沒封鎖前出去，不然就死定了！」

周圍偷聽見夫婦的對話的人們變得鼓譟，有人冷靜反駁說不至於爆炸，也有人質疑新聞報導的真實性，而大多數的人神情茫然。

嗶——

四面八方響起的緊急災難簡訊聲，似乎在催促人們。人們匆匆拿出手機查看螢幕畫面，剎那間，人們彷彿成群的鳥獸，驚慌地四散而去，海未這才從夾克口袋裡掏出手機，查看簡訊。

[國家安全處] 古里1號燃料廠房發生火災，放射性物質洩漏半徑為三十公里，請立即躲避。

查看簡訊接收時間後，似乎準確無誤地到達了目標時間，海未這才放心。接著，她從外套裡拿出一副除噪耳機戴上，平靜的古典樂旋律讓**周圍的嘈雜聲響蕩然無存**。

她轉頭注視著遠處的建築物。一座二十層樓高的老舊飯店聳立於巨大商場之上，周遭充斥著四、五層樓高的建築物，而海未所在的水產市場距離那裡以南約一百公尺處。

距離保護泡沫消耗殆盡還剩九分鐘。

海未一邊檢視智慧型手錶的計時碼錶，一邊邁開步伐。當她一走到水產市場的街道中間點便看見一條通往北方的窄巷。她改變了方向，經過了一家老年糕店，穿過巷子就通到了另一條道路。這條路通往的方向，正是她先前所凝視的老飯店。

海未暫時關閉了耳機的除噪功能，迅速地環顧周遭。她盡可能地縮小視野範圍，將視線集中在必要之處，避免被不相干的事物吸引。她再次將視線轉移到腳尖，緊盯著自己在地面移動的步伐。之所以如此，是為了將悖論的風險降到最低。

『從現在開始，我要小心行動，絕對不能回頭看，尤其不能看向遠處。沒必要就不要看店內或屋頂上。只能看著腳尖走。』

人們陷入混亂，正在匆忙移動。海未努力避開湧動的人群，穿梭其間。女性尖銳呼喊某人名字的聲音與孩子趴在地上的淒厲哭聲，無比刺耳。每當這些尖銳的聲音刺進耳膜，海未的心跳就會加速。海未輕觸耳機，重新啟動除噪功能。她粗魯地按壓著胸口，深深吸了一口氣。

驚惶失措的人群相互擠推、踩踏，只為能先一步躲避危機，還有人滿身鮮血地倒在路邊。海未和混亂的人群保持著一定的距離，謹慎地向前移動。突然間，一名搖搖晃晃的醉漢向她撲來，海未熟練地用最小的動作，側身避開了可預見的衝撞。

她沿著路繼續前行一段時間，卻發現這條路被停下的車輛堵得水洩不通。大部分的駕駛座是空的，汽車看似不再有前進的跡象。它們導致道路變得狹窄，交通壅塞。無奈之下，海未只得強行擠過人群之間的狹窄空隙，排除萬難前行。

遠處，就是老飯店的入口。水產市場的道路與老飯店前的雙線道交會形成一個小三岔路口。人們迅速穿越一個如廣場般的空地。

她又一次查看時間。剩下三分鐘左右。

海未最後查看了周遭的環境，爬上停著的汽車車頂，在車與車之間迅速移動。與此同時，她從口袋裡拿出手機，打開相機。雖然只有有限的一百倍變焦性能，解析度也很差。但在當時已是最高規格。

相機應用程式啟動了內建面部識別演算法，開始自動識別著每張在廣場上奔跑的臉孔。很快地，它迅速辨識出事先儲存過的臉孔，在一名穿著天藍色襯衫式洋裝的女性臉龐下方，用小字標出了那名女性的名字。

陳秀雅。

她一看見媽媽的臉，心頭陡然一沉，慌張使她的身軀變得僵硬，心跳彷彿即將停止。好想吐。

「這裡是現實，不是惡夢。」

她自言自語地安撫自己，視野則有些模糊晃動。如果不希望注意力渙散就要繼續行動。她深深地吸了一口氣，平復不規則的心跳後，將視線轉向另一頭。手機相機又辨識出另一張臉孔。

閔海未。

是她自己。二十年前，十五歲的自己。

海未凝視著自己天真稚嫩的面容，在心裡回想著任務：協助母女發現彼此。如果兩人能在這裡成功會合，媽媽就無須為了尋找失散的女兒而走得更遠，生存率將提高。

一定要救回來。這次一定要。

智慧型手機短暫震動。只剩下一分鐘了。海未的目光交錯追隨兩人的位置，慢慢地靠近媽媽。媽媽怔怔地望著收訊不良的手機，漫無目的地走著。**這是個好機會**。海未毫不猶豫地走近，假裝不小心碰撞了她的手臂。媽媽嚇了一跳，手機從手中滑落地面。海未迅速踢開手機後立即轉身離去。媽媽遲了點才回過頭，卻已錯過了海未的背影。

海未走到老飯店旁邊巷子的返回點，觀察著媽媽的行動。她眨了眨眼睛，快速搖頭，急切地尋找掉落的手機。媽媽瞥見了地上螢幕碎掉的手機，為了撿起它而改變了方向。

媽媽走向少女海未，母女倆的動線重疊，這樣下去兩人一定能相遇。海未感覺到成功的氣息，緊緊握著拳頭，心臟跳動得彷彿要爆炸。

然而，在這一刻——

手機被某人無意間踢了一腳，又絆到了一名奔跑的行人，無規律地在地面上滾動。媽媽的視線自然而然順著手機移動。手機再度被一腳踢開，滾得更遠。媽媽急忙加快腳步。

在媽媽俯身撿起手機的時候，十五歲的海未很快地從媽媽身後走過。這一次，母女仍未察覺彼此的存在，並漸行漸遠。如同過去的每一次一樣。

沒關係。重來就好。

海未輕轉腰帶上的旋鈕，頓時感受到身體被一股無形的力量拉扯，返回了現在。

海未的世界

1
2045——首爾

結果又遞交了辭呈。

面對突如其來的告知，社長沒有生氣，反而面露寬慰之色，彷彿終於能夠將一直藏在心底的話，一吐為快，並給出真切的建議：「海未，妳好像不適合這份工作，另謀出路也許會更好。」

此言甚是。

「我們不是挑三撿四，不過得先自保才行。」

這句話說得也對。海未默默地點頭。

「妳知道這個圈子的人都是前後輩關係吧？就算妳聯絡他們，他們也不會替妳介紹工作，所以別想著去另一家公司。其實，我也沒找到好工作，公司會收我，是因為我是後輩。如果妳想繼續從事潛水一行，我可以介紹業餘愛好班，那裡缺教練……不，如果可以的話，妳找其他工作吧，不要靠近水的。還有……」

是因為感到抱歉嗎？社長的話愈來愈長。儘管不是他的錯，但他似乎覺得自己有責任。其實，光是他願意毫無偏見地接納屢次善變而辭職的自己，就很值得感激。

「沒關係的。謝謝你。」

海未最後點頭道謝。

她把潛水服和潛水裝備隨意地塞入背包裡，走了出去。時值餘熱未消的夏末，陽光卻依舊灼熱。是一年中罕見的萬里晴空。海未舉起手掌想遮擋陽光，從指縫中流洩的陽光卻依舊灼痛了她的眼睛，她不由自主地皺起了眉頭。

那一天也是這樣的天氣。

當這個念頭閃過，她便急忙搖了搖頭。別去想。專注在此刻。她在心底不斷重複這句話，彷彿逃離般，匆匆跳上回家的公車。

第四次了，加上過去的工作。這已經是第六次了。海軍、消防隊、民間潛水公司。她總是選擇那些能救人一命的職業。每一次都為了挽救處於危險邊緣的生命而奮不顧身，與死神相搏。因為這是她唯一擅長的。不過，她辭職的理由也總是雷同。因為沒能挽救成功；因為失敗；因為眼睜睜地看著死亡來到眼前卻無能為力。

每當這種情況發生時，同事們總是安慰海未，說那不是她的錯；別太在意；我們這行就是每天都會遇見幾名死者；如果每次發現屍體都耿耿於懷，日子怎麼過得下去；據說潛水員這一行如果把事情悶在心裡，喘不過氣就會死。

是啊。這些話也是對的。

然而，這些話並無法減輕心中的負疚感。她無法將逝者的面容從腦海中抹去。若能預見一切，若在當下採取不同行動，或許能挽回一條生命……她感受著自己在腦海中不斷重現現場情景的無力感，懊悔始終無法停止。

這世上有太多的死亡，這個世界宛如一臺製造死亡的機器，平均每天有八百多個生命離世。儘管對別人而言，那不過是冰冷的統計數字，但她每天都親眼目睹。無論她多麼努力，數字未曾減少過，而死亡也永遠無法被抹去。

她一直從事潛水員工作也是如此。儘管她的關節出了問題，時常被頭痛折磨，但還是義無反顧地跳入水裡。她好幾次決心不做，結果還是回到老位置，只為能讓死亡的數字減一。但這次結果也是相同。

雖然海未日以繼夜地搜索了數天，但那名溺水者最終還是成為了漂浮在漢江水面的冰冷屍體。那是一名從麻浦大橋往下跳的中學生。那孩子皺著眉，僵硬的面容永遠刻印在她的視網膜上，無法剝落，或許它就像其他的記憶一樣，注定成為永不消退的疤痕。當她替那具屍體闔上雙眼的瞬間，她清楚知道自己再也無法踏入漢江。

到頭來，海未仍是別無選擇，再次辭職。儘管她知道自己總有一天還是會回來。

***

海未一踏進家門就打開平板電腦，打算找新工作。過往的經驗告訴她，愈是這種時候愈要動起來，必須盡快把現在的情緒轉化為積極正能量。她看向流理臺上堆滿的啤酒罐與吃剩的微波下酒菜包裝紙。時隔十年，她下載了求職應用程式。

先找輕鬆的打工吧。這次要找和生命無關的工作。

雖然她下定了決心，但一看到職缺，信心立刻消失殆盡。大多數的體力勞動工作都表明招聘男性，招聘女性的職缺則偏好年紀大的女性。簡單的辦公室事務職位早已被大公司的遠距ＡＩ服務取代，而需要專業技能的工作，沒有相關經歷，連應聘的門檻都跨不過去。職缺數量比起十年前減少了許多，海未至今未曾意識過求職困難，只是因為她幸運地擁有一份機器難以取代的工作。

頭一陣抽痛。她扔掉平板電腦，躺在床上，不知不覺間進入夢鄉。

一週很快地過去了。海未成天窩在房裡，不斷地滑平板，然而，連要提交履歷都不容易，更別說被錄取了。沒有任何一家公司願意聘用三十五歲的女性，桌上堆滿了無人外賣便當的塑膠包裝紙和杯飯容器。她很快就失去信心，查看求職應用程式的頻率也逐漸降低。奇怪的是，焦慮感愈強烈，找工作的熱情就愈消退。

結果，她一事無成。

就像罐頭中的蝸牛一樣，在房裡無精打采度日的時間愈來愈長。隨著空虛的時間漸漸拉長，**那一天**的記憶深入她心中的空隙，就像刻在手心的畫面，日復一日，在腦海中數百次重現，既生動又清晰。她不得不依靠安眠藥填補更多的時間。隨著失眠症狀日益嚴重，她每天睡睡醒醒，重複十幾次，全身蜷縮在床上，彷彿一隻瑟瑟發抖的松鼠，祈求自己能睡去。

好想媽媽。

海未偶爾會做夢。夢境一如往常。那天，她夢到自己回到那裡。那一天的事件在眼前生動重演，鉅細靡遺。但她卻不曾在夢中見過媽媽。因為她記不起媽媽的臉，因為媽媽死在那裡。罪惡感在每一次醒來後都深深折磨著她。

她不記得經過了多少時間，什麼都不想做。安眠藥的強烈藥效深深地麻醉了她，也麻痺了所有的感知。

她一直深信這個世界已經到了盡頭。

直到雙胞胎來找她。

＊＊＊

凌晨時分，一連串的敲門聲將她從夢中驚醒。

叩。叩。叩。

節奏明確的三聲。短暫停頓，再次響起。

叩。叩。叩。

海未嚇了一跳，快步走到前門透過監視器查看。畫面上出現兩名戴著墨鏡的男人。他們的長相一模一樣，宛如複製貼上，同款的黑西裝、黑襯衫，領帶上繪有複雜奇特的曲線，連左臉頰上那道深深的傷疤也驚人地相似。她再次確認前門已被緊緊鎖上後才開口詢問：

「是誰？」

左邊的男人回答：

「我們想給妳一個提議。」

聲音中摻雜著微顫的呼吸，顯示出他們現在表面看似鎮定，實則剛經歷過激烈動作。社區近期盛傳夜間有可疑人士徘徊，似乎就是他們。

變態傢伙。

監視器拍不到的地方，他們的手也許暗藏著凶器。一股毛骨悚然的緊張感沿著她的皮膚往上蔓延，敏銳的觸角豎起。

「在這麼晚的時間？」

「非常抱歉這麼晚打擾妳。我們犯了一些錯，不得不在此時來訪。」

她不清楚男人這麼說的意思，選擇沉默。

男人繼續問道：

「妳是不是後悔了？」

不後悔是假的。她冷淡回應：

「你問我後悔嗎？我非常後悔。」

「我們願意幫助妳重啟人生。」

她露出無力的笑：

「會不會太晚了？」

「現在是最佳時機。因為這是只能給那些失去一切的人的提議。」

對話逐漸朝奇怪的方向發展。這兩人顯然不是尋常意義上的怪人。她堅定地拒絕了他們。

「不需要。如果你們是來傳教的，就走吧。我原本就有信仰。」

「不是那樣的。」

「不是也無所謂。請走吧。我不需要。」

叩。叩。叩。

他們又敲了門。執拗的傢伙。

「妳會後悔的。」

站在右邊的男人第一次開了口，左邊的男人用手肘撞了他，試圖制止。右邊的男人欲言又止。

「他有些失禮，我代替他道歉。」

「請在我報警之前離開。」

海未壓抑住內心的怒火發出最後警告。這兩個傢伙給她一種不祥的感覺，在更進一步糾纏之前，結束對話才是上策。她轉身打算走回房間。

砰！

門突然發出巨大的撞擊聲，彷彿要破了。他們好像用腳踹了門。

「妳好像還沒明白自己的處境。是我們在給妳機會。考慮到妳妹妹，讓妳這個糟糕的人生重新來過，不是更好嗎？」

那傢伙在說什麼？咒罵的話語在她唇邊盤旋。

「你現在在威脅我嗎？」

海未激動得聲音顫抖著，勉強保持冷靜。

「不是那樣的。」

「那是怎樣？」

「麻煩妳了。時間不多了，請考慮我們的提議……」

「要我說幾次？我不需要。」

「我相信妳看完這張照片會改變想法。」

男人將一張照片展示於監視器前，海未一瞥之下便僵住了。

是媽媽的照片。

那一天，在那裡，媽媽的臉龐。但那是一張不可能存在於這個世界的照片。所有與二十年前事故的相關影片與照片都已向遺屬公開。不可能有她沒看過的照片。此外，她清楚記得當時所有監視器的位置。照片中的地點是沒有安裝監視器的死角。除非有人偷拍下了媽媽，否則這張照片不可能存在。

「這張照片……怎麼來的？」

「如果妳安靜地跟我們走，我們會解釋一切。」

這是個陷阱。海未腦海中想像著對方正在門外準備伺機而動，感知著危險的訊號。那張照片顯然是合成的。問題是，從第一眼看見媽媽的照片起，理性就被拋到腦後。她必須確認那張照片的來歷。

她拿起放在鞋櫃上的電擊棒，其大小與護唇膏相仿。那是區廳提供給每戶家庭的廉價自衛工具。她對這個小巧的電擊棒沒有多大期待，但總比沒有好。她將電擊棒藏在手裡，另一隻手迅速打開前門的鎖。

那兩個傢伙好像以為是獨居女性的家就掉以輕心。今天落到她手裡了。

她開門的那一刻便迅速伸出手中的電擊棒，一感受到它接觸到某人的皮膚就立刻按下按鈕，從手中傳來的是火花四濺和對方身體瑟瑟發抖的感覺。那傢伙還來不及慘叫便已癱軟在地。

必須在另一個傢伙反應過來之前迅速制伏他。她立刻把手伸向左邊，打算將對方的手拉入門縫裡，夾斷他的骨頭。但她什麼都沒抓到。剩下的男人已經消失了，只留下走廊那頭逐漸遠去的腳步聲。好像是逃跑了。

卑鄙的傢伙。她踹了一腳倒下的男人，在心裡破口大罵。

海未撿起了掉在地上的照片。媽媽的臉清晰可辨。這不像是合成照。她想不通這張照片是如何拍攝的。

但更重要的是，這張照片究竟是誰拍的？

就在那一刻，她察覺到右邊有人靠近。海未迅速採取了防禦姿勢，但對方動作更快，一根針刺進了她的脖子。她本能地抓住針筒，拳頭也反射性地揮向對方的下巴。

還有另一個傢伙……。

伴隨著氣體逸出的聲音，不明液體注入了體內。她的視野瞬間變得模糊，整個世界開始飛快旋轉，接著她感到頭部重重地撞在地板上，失去了意識。

2

2025——海雲臺

又夢到了那一天。

一如既往地，海未奔跑著，不知道發生何事，也不知道自己要跑向何方，只知道必須為了生存而跑。

即使明白自己身處夢境，也完全無能為力。在夢中，海未宛如一名演員，被安排演出既定的劇本，只能分毫不差地一遍又一遍重演著當天的行動。感覺就像是將同一部電影反覆觀看數百次。回想起來那一天她之所以能夠倖存，純粹只是個偶然。如果不是恰巧看到媽媽傳來的訊息，她也不會提前離開旅館，當然也就不會留意到周圍發生了奇怪的事。海未只是因為幸運，才逃過一劫。

事故發生之前，她正在回覆媽媽的訊息。

>>我正要過去那裡。妳留在房裡，免得我們錯過。（三分鐘前）

>>不對。妳快到地鐵站來。（兩分鐘前）

>>什麼啊，我到底要去還是不要去？？？

就在她按下發送鍵的瞬間，一陣地震突如其來。地面震動得異常劇烈，那是那一天發生的第三次地震。她的身體雖然有晃了一下，所幸沒摔倒。那天的地震發生在遠處，並非人們傷亡的直接原因。

接著，從四面八方傳來此起彼伏的簡訊提示聲。是緊急災難簡訊。由於緊急災難簡訊的彈出視窗占據了整個手機螢幕，使得海未無法繼續傳送訊息。海未不耐煩地試圖點掉那一大堆彈出的視窗。

【氣象廳】今日十六時十七分，釜山機張郡西北偏北三公里處，發生六．二級地震（第三次）/請注意餘震及人身安全。

「什麼跟什麼啦，不過是小地震，幹嘛大驚小怪？」

她不禁嘀咕，再次打開通訊軟體應用程式，然而，她的手機螢幕很快就被一條接一條的緊急簡訊占滿。簡訊帶來了更加嚴重的消息。

〔國民安全處〕 古里1號燃料廠房發生火災放射性物質洩漏事故，洩漏半徑為三十公里，請民眾立即躲避。

〔釜山廣域市〕 地鐵2號線緊急列車運行通知（每隔一分鐘發車）

周圍不知道是誰高聲喊著「快逃吧」，於是人們開始恐慌地東奔西跑。然而，到底該逃去哪裡呢？她應該要逃跑嗎？海未還沒有真實感，壓抑著慢慢襲上心頭的不安，茫然地望著人群逃離的背影。

當從後方奔跑而來的人撞上她時，海未被嚇了一跳，手機因而掉到地上，隨即被後面的人踢飛，不知彈到何處。但她沒有辦法去撿那不知消失到何處的手機。因為一旦被捲入人群，她一定會被踩垮。

人群如洪水般湧出街頭。她不得不放棄尋找手機，跟隨著人群奔跑。先去地鐵站吧。

海未想起媽媽的訊息，朝地鐵站方向奔去。在她跑向地鐵站的路途中看見了各種景象：背著孩子奔跑的母親、攙扶著跛腳同伴的人、推開那些人的人、為了搶奪他人口罩而大打出手的人、在那些人身旁蜷縮著發出尖叫聲的孩子、攤位上散落的東西、抱著腳踝倒下的男人、踩過那男人身上的人們、制止激動的小狗的人、嘔吐的人、因頭部流血而昏迷不醒的男人，以及抱著那男人哭泣的女人。

什麼事都還沒發生。沒有人親眼看見粉塵，也沒有嗅到任何氣味。人們只是收到一條短訊。

儘管如此，恐慌已經讓人們失去了理智，互相踐踏。她盡可能與人群保持距離，避免被捲入混亂中。

她強忍著淚水，不停地奔跑，跑得喘不過氣。在與某人碰撞後，她意外發現了一條通往地鐵站的小巷。那是條捷徑，幸虧如此，她比其他人早一步抵達了地鐵站。當她衝出巷子時看見了通往地下的樓梯。

地鐵站已經人滿為患，不知何時出現的軍人使氣氛變得沉重。他們開始將人群分類，排成了長長的隊伍。有傷者、長者、孩童與需要幫助的人……。軍人們表示列車即將到站，請人們排隊靜候。

她沒有排隊，而是在地鐵站裡尋找媽媽和妹妹。

「姊姊！」

不知從哪裡傳來了熟悉的聲音。是多未。她把頭轉向聲音的方向。

「多未？」

她再次見到多未才稍微鬆了一口氣。她走到妹妹身邊。兩姊妹緊緊擁抱。她和多未都泫然欲泣。

「這是怎麼回事？妳有聽說什麼嗎？」

多未好像是太害怕，無法專心聽她的問題，總是轉移話題，四處張望。

「姊姊，媽媽呢？」

多未突然問道。

「媽媽？媽媽在哪裡？」

「妳沒看到媽媽嗎？她說她去找妳……」
「什麼？」
「我打了電話，但打不通。」
多未遞出手機。連不到任何訊號。通訊應用程式發送的訊息也顯示「傳送失敗」。年幼的妹妹淚眼汪汪。她撫摸著妹妹的頭，將她帶到一張長椅坐下。
「多未，妳在這裡等我，不要亂跑。我會把媽媽帶來。」
她說完，正轉身想離開，妹妹卻猛然拉住她的衣角。
「不要！我也要一起去！媽媽也這樣說，可是都沒回來！」
「不可以。太危險了。」
她堅決地表明立場。外面太危險，不能帶著還是小學生的妹妹到處走。她硬是拉開了妹妹的手。
「多未，姊姊很快就回來，真的，妳忍一下。」
「姊姊，不要留我一個人！我真的很害怕！」
「多未……。」
突然間，一個黑影出現在周圍。她轉過頭，看見一名黑衣軍人站在她背後。那名軍人謹慎地伸出手。
「只有妳們兩個嗎？」
她搖頭回應道：
「不。我們和媽媽在一起。」

「妳們的媽媽在哪裡?」
「她在過來的路上。」
軍人似乎很苦惱，摸了摸下巴。
「先和叔叔們一起走吧。媽媽之後會跟來的。」
「不要。」
兩姊妹齊聲高喊，互相擁抱，彷彿是彼此的守護者。然而，那名軍人不理會她們的話，粗魯地拉走她，然後在她的耳邊低語，像是被人聽見會惹上大麻煩一樣。
「拜託聽我的話。現在出發的列車是最後一班列車，妳們必須快點離開。」
「那讓我留下。」
海未甩開了那軍人的手，但軍人並沒有放棄。
「帶走這兩個女孩，送上車!」
一聲令下，其他軍人一窩蜂跑來，從兩側抓住姊妹倆，把她們強行帶到月臺上。儘管她們喊著不要卻也束手無策，被強制排進了列車前方的長長隊伍中。
「媽媽還沒來!媽媽……」
儘管海未大聲呼喊，因為列車裡互相推擠的人群忙得暈頭轉向的軍人仍舊充耳不聞，只是用蠻力將姊妹兩人塞進已經爆滿的列車裡頭。而在她身旁也有人使盡力氣，就只是想把自己的孩子推上列車。
「姊姊，怎麼辦?媽媽還沒回來!」
多未著急地喊著，她卻什麼都無法回答。眼前的軍人擋住了門口，即使她能找到逃脫的機會，也不知道該如何在這場混亂中找到媽媽。最令海未擔心的是多未的安全。現在能保護多未的只有她。不能讓多未陷入危險。

軍人比劃了一個圓形，朝某處打手勢。隨著一聲嗶聲響起，列車門開始緩緩關閉。

「真是的。」

為了阻止列車出發，多未突然將腳伸進了即將關閉的門縫中。事情發生得太快，但與平時不同，門並沒有重新打開。

「叔叔！我的腿夾住了，請開門！」

多未焦急地喊著，但把兩姊妹帶上車的軍人卻堅決搖頭。

「不行。」

「快開門！我妹妹的腿被夾住了！」

她急忙拍打著門。

「抱歉，如果重新開門，列車就無法按時出發了。」

軍人一邊說著，一邊用身體擋住了試圖擠上車的人群。

「司機，發車。」

軍人透過對講機下達了指令。列車慢慢地發動了。倉皇的人群如喪屍般拍打車窗，前仆後繼地試圖擠上車。多未的腿仍舊被夾在門縫中，一隻腿懸於列車外。多未害怕得瑟瑟發抖。海未緊緊抓住多未的腿，拚盡全力想將她拉出卻始終無法讓她的腿脫困。

「不可以！停車！孩子的腿被夾住了！」

隨著列車逐漸加速，一陣寒風從門縫中灌入，兩姊妹聲嘶力竭地哭喊、求救。

列車剛駛入黑暗隧道的瞬間，就聽見什麼東西折斷的聲音。

隨之而來的是，車廂內迴盪的驚恐尖叫。

3
2045——首爾

海未感到喉頭的灼熱感，費力地睜開了雙眼。

映入海未眼簾的是一棟陌生的建築物，看起來自己所在的地方似乎是某家公司的大廳。閃耀著光芒的大理石裝潢顯得格外潔淨，而空氣中濃厚的膠水味則暗示著這個地方可能才剛裝修結束不久。

海未還沒掌握自己現在的處境。她發現自己被綁在了大廳中央的椅子上，雙手手腕則被手銬給扣住。儘管大廳裡四處擠滿了人，卻沒有一個人理會她，彷彿被綁在這裡的人，沒有任何特別之處。

她手上仍然握著那張媽媽的照片。被汗水浸潤的照片變得皺巴巴，照片背後夾著一張寫有簡短句子的名片。她看著那些句子。

你想重新開始你的人生嗎？
我們樂於幫助你。
——總統直屬災後重建委員會——

「妳醒了？」

原本站在服務臺的職員走到她身邊，替她鬆綁，卻沒有解開手銬。

職員站到海未面前，伸出手掌。

「請出示通行證，我會為妳帶路。」

「通行證？」

「是的。妳必須有通行證。」

「我沒有那種東西。」

「需要出示通行證才能為妳帶路。」

職員反應有些不自然。海未立即反問：

「黃蘋果為什麼會散發著滾燙的味道？」

「我不知道妳問這個問題的意圖，很抱歉幫不上忙。」

「沒關係。紅燈為什麼會覬覦天堂？」

「我不知道妳問這個問題的意圖，很抱歉幫不上忙……」

「夠了。你是類人類吧？」

沒有回答。

「這裡的人都是嗎？」

沉默依舊。好像是被設計成不回答問題的樣子。

「通行證指的是這個嗎？」

海未遞出手裡的名片。類人類無聲地接過名片，開始引領她前行。他們穿過了一條狹長的走廊，兩排是有著一連串編號的門。海未試圖解讀門上的編號規律卻無法理解。如果多未在這裡，或許能看懂。

「請進入00137號房。」

海未緩緩地推開門，眼前是個類似會議室一樣的空間。她看向類人類。類人類微笑點了點頭。

「請坐到椅子上。」

海未坐到了椅子上。類人類將海未雙手的手銬與椅子上的鏈條相連後，默默離去。沒有任何解釋。

房間的結構相當奇特。正六面體的房間中央擺放著一張會議桌，四方都有一扇門。其他房間也是這樣嗎？海未想像著像圍棋棋盤一樣密密麻麻的房間。整棟建築物裡有多少個這樣的房間？為什麼會選擇這種低效率的結構設計？

然而，當那一對穿著整潔西裝，臉上帶著嚴肅神色的雙胞胎步入房間的時候，海未所有的好奇心都隨之煙消雲散。房間裡頭充斥著一股公事公辦的緊張氛圍。海未瞬間就被那股氣氛給壓制了下來。

雙胞胎都還沒坐下就直接切入主題，彷彿一分一秒都不能浪費。先開口的依然是站在左邊的男人。

「請容我們先自我介紹。我們是隸屬青瓦臺直屬顧問機構『災後重建委員會』的監督官。當然了，我們的職位並不會出現在官方組織圖中。基於安全問題，恕我無法透露更多的細節。請見諒。」

「你期望我在這種情況下相信你的話？」

海未亮出了自己手腕上的手銬。

「我們對這一點也深感遺憾，但我們無從選擇。是妳先攻擊了我們。」

「你們沒說自己是政府要員。」

「因為那是機密。而且即使我們說了，妳也不會相信吧。畢竟那時候是深夜。」

海未把媽媽的照片放在桌上。

「這張照片……」

「關於這張照片，我之後會仔細說明。」

海未皺起眉頭，表示出不滿。

「之後是什麼時候？」

「確定妳是能與我們合作的對象後。」

「這到底是什麼意思？」

「聽說妳是最優秀的救援專家。我們想聘請妳。」
「我無意被聘請。」
「如果聽了我們的提議，妳絕對無法拒絕，一定會願意接受的。」
「說吧。」
「我現在不能告訴妳，妳必須先通過測試。」
「如果我不接受測試呢？」
「妳必須接受，否則的話……」
一直沉默站著的男人打開了右側的門，海未將頭轉向門那邊。果不其然，對面的房間有著完全相同的結構，還有與她坐在相同位置的……。
「多未！」
是妹妹。多未穿著淡棕色西裝，同樣被綁在椅子上。海未像被引爆的炸彈般暴跳如雷卻無法動彈。
面前的男人持槍瞄準了她。
「請坐下。」
男人用下巴示意，催促她坐下。海未無奈地重新坐下，目光怒瞪著面前的男人。走向右邊房間的男人摘下了多未的眼罩與口罩。多未咳了幾聲，用銬住的手背抹了抹嘴巴。
「姊姊？」
多未說道。
「多未！這是怎麼回事？」

「不是姊姊叫我來這裡的嗎？妳不記得了嗎？」
「我嗎？」
海未轉頭問雙胞胎：
「你們在搞什麼鬼？剛才不是說只是簡單的測試？」
「是測試沒錯。現在準備開始。」
右邊的男人泰然自若地站在多未對面，手槍也瞄準了她。兩個房間的情景猶如鏡像。
「如果妳沒通過測試，妳妹妹就會死。」
海未面前的男人說完，右邊房間的男人接口道：
「同樣的，如果妳失敗的話，妳姊姊就會死。」
「什麼？姊姊會死？」
多未的聲音充滿不安。
「不會有事的，多未。冷靜，只要順利通過測試就會沒事的。」
海未為了讓妹妹安心，盡可能地展現沉著的模樣。
「測試結束後，你們就會放我們走嗎？」
「當然了。」
「要怎麼相信你們會讓我們平安回去？」
「如果我們想殺人，大可告訴妳更多的資訊，這樣我們的工作會變得更容易。現在可以開始了嗎？」
海未謹慎地點了點頭。

「那就開始吧。」

雙胞胎打開各自的平板電腦，放到桌上。左邊房間的男人率先提問：

「妳在軍中的成績相當出色。曾經擔任海洋大學海軍副士官海軍團（RNTC）的海軍副士官；在SSU[1]擔任深海潛水員後退伍，在消防公務員特別錄用考試中合格後，在救援隊工作了三年，現在轉為民間潛水員。那麼妳對靜態閉氣[2]應該很有自信吧？」

男人把一個碼錶放在桌上。

「憋氣五分鐘。如果妳失敗了，我就會對妳妹開槍。」

海未沒有回答，而是深深吸了一口氣。雙胞胎啟動碼錶後就離開了房間。逃跑的念頭一閃即逝。雖然手腕上的手銬比想像中鬆，這棟建築的看管人手也似乎不多，但她很快放棄了這個念頭。在這個未知的地方，面對持槍的人，帶著行動不便的妹妹一同成功逃逸的機率幾乎為零。

海未閉上眼睛，盡量放鬆身體，告誡自己必須要保持冷靜。她知道，人緊張時呼吸會變得急促。人類能夠憋氣的時間遠比想像中的要長。只要忍耐住渴望呼吸引起的短暫肺部疼痛，痛苦就會逐漸減輕。在這安靜的房間裡只有秒針滴答聲。時間流速緩慢得令人難以忍受。

但終究，五分鐘過了。男人再度回到房間，重新設定了碼錶。

「看來妳能堅持更久。再憋五分鐘。」

面對再次的挑戰，海未下意識要呼吸，她用雙手捂住嘴，繼續忍耐。通紅的面部肌肉開始顫抖。為了戰勝這份痛苦，她讓自己的思緒四處飄揚。

這次從隔壁房間傳來了聲音。

「現在輪到多未妳了。妳大學主修物理。為什麼要退學？那不是普通成績能進入的學校，妳的生活紀錄簿上也獲得老師的極力讚美，尤其是每本紀錄簿都寫著妳的記憶力優異。妳有過目不忘的能力，是嗎？」

多未雖然表情緊張，但還是冷靜地點了點頭。

「如果是假的，我會開槍射妳姊姊。」

「我知道了，快開始吧。」

多未一知道要測試記憶力，立刻顯得很有自信。

「記得大廳裡有個花盆嗎？」

「大門的兩邊各有一個，裡面種著菊花。」

「是什麼顏色的？」

「你問花還是花盆？」

「花盆。」

「紅色的。」

男人操作平板電腦，叫出了全像投影螢幕。十六種不同色調的紅色四邊形在桌上呈現。

「說清楚，是這裡面的哪一種紅色？」

「左邊數來第二個。」

雙胞胎再次操作平板電腦。這次出現了其他的四邊形，乍看都與剛才多未選的四邊形相差無

1 Sea Salvage & Rescue Unit。海軍海難救援戰隊，主要執行海上救援任務。

2 Static Apnea。潛水員為適應缺氧情況而進行的閉氣訓練。

幾，很容易被誤認為是同一種顏色。

「這裡面呢？」

「右邊數來第三個。」

「很好。」

好像答對了。多未回答的同時也過去了五分鐘。滴。碼錶停止計時。海未急促地喘著粗氣。

面前的男人沒有給她片刻喘息的機會，向她扔出了某樣物品。海未本能地接住，是一把手槍。她驚愕地抬起頭，看見對方空蕩蕩的手。他似乎把自己的槍扔了過來。

「我知道妳在想什麼。要是妳敢輕舉妄動，妳妹妹就會死。」

面前的男人發出充滿威脅的警告，眼神瞥向右邊的房間。海未注意到指著妹妹頭部的槍，只能點點頭。

「深蔚國小田徑隊、千藍國中射擊部、全國體育大會第四名、會長旗比賽上第三名。我無法理解。如果一年級就能有這種成績，妳應該是個潛力無窮的選手。為什麼放棄了？自由奔跑[3]這麼有趣嗎？讓妳不惜放棄運動員生涯？」

在結束運動員生涯之後，她曾用「貓翼（CATWING）」的網路暱稱，在自媒體上分享自己的自由奔跑影片。她微微起了雞皮疙瘩。這些資訊從官方記錄無法得知。她開始好奇災難重建委員會這個組織究竟擁有多強的資訊蒐集能力。

「你知道得可真多。你有訂閱我的頻道嗎？」

為了爭取一點時間調整呼吸，海未故意挖苦對方，但他並沒有任何反應。男人退到一邊，向空中投影出五個全像投影靶子。

「給妳十秒，全部射中。」

海未邊打開手槍的保險栓，邊觀察。

「我沒用過這個型號，不給我練習機會就要我射中？」

「沒什麼，第一發打歪了也無所謂。」

男人啟動了碼錶。十、九、八、七……海未急促的呼吸導致槍口劇烈晃動，但她沒有等待的時間。她屏住呼吸，扣下扳機。第一發射在靶心稍稍偏右的位置，考慮到誤差，她毫不猶豫地射出剩下的四顆子彈。這一次，全部命中靶心。

「再一次。」

男人在新的位置投影出更小的靶。這次海未的五發子彈全都精準命中靶心。男人立刻走過來，粗魯地搶走了手槍。

「休息一分鐘。」

雙胞胎邊說邊走出房間。海未回頭呼喊妹妹：

「多未……」

砰的一聲，通往右邊房間的門猛地被關上了。又剩她獨自一人。

可惡的傢伙。

她必須想辦法救出妹妹。海未冷靜地握緊大拇指，儘管一陣劇烈疼痛襲來，但她的表情始終

---

3 Freerunning。快速移動穿越城市中各種障礙物的運動。類似跑酷（Pakour）。跑酷強調高效率的移動方式，而自由奔跑則更注重自由度、表演性與創意性。不過最近兩者的界線變得模糊。

沒有變化。

雙胞胎很快地回來了。這次，又輪到多未了。

「大廳裡有幾個人？」

「七個人。都是類人類。」

多未毫不猶豫地回答。

「位置呢？」

畫面上浮現了地圖，但多未的表情有些訝異。

「地圖是錯的，左右顛倒了，還有幾處不對。」

「如果不滿意，妳可以自己動手畫。」

男人扔出遙控器，多未就像揮灑畫筆一樣，用遙控器在空中繪製地圖，桌上瞬間出現了一張立體透視圖。

「沒想到妳畫得這麼好。」

「要有這種實力才配玩《突襲》。」

「突襲？」

「一款遊戲。」

隔壁房間的男人皺起眉頭，似乎聽不懂他們在說什麼。這時，多未已準確地標示出七個人的位置與姿勢。男人點點頭，將全像圖推出去，海未面前浮現了一模一樣的複製全像地圖。

「妳能避開這七個人，畫出一條穿過大廳的路線嗎？」

海未氣得差點說不出話。

「你們到底是什麼情報組織？如果是這種測試……」

「請放心。不是妳想的那樣。」

「那到底是什麼組織？為什麼要進行這種測試？」

「我還不能告訴妳。」

「什麼時候可以？」

「等妳合格。」

面前的男人邊說邊將遙控器遞給海未。海未在地圖上用紅線畫出一條路線。這並不難，因為這是在軍隊接受過的訓練。

雙胞胎確認路線後，互相交換眼神，點了點頭。似乎是正確答案。

「最後一個問題。閔多未小姐，有覺得哪裡不尋常嗎？」

「誰知道呢。坐在大廳的人正在看報紙，看來最近還會發行報紙，是吧？」

「繼續說。」

「你還要我說什麼？」

多未不耐煩起來，但雙胞胎只是緊盯著她，沉默不語。冰冷的沉默時間愈長，男人的表情就愈扭曲。他將手伸進外套。多未啊，拜託要看出來，妳必須發現。海未轉動脫臼的大拇指，成功將手抽出了手銬。

男人掏出手槍，查看全像圖。

「……那份報紙是二十年前發行的，頭版標題是『阻止爐心熔毀』。事故後十天的報紙。可以了嗎？」

多未急切地回答，但他們並不滿意。槍口慢慢地指向多未的額頭。

「還有呢？」

「還有什麼？」

「……我很失望。」

男人將槍口貼到多未的額頭上，緩慢地扣動扳機，彈簧發出被拉動的喀嚓聲。

「你以為這麼說，我就會怕嗎？」

多未堅定地盯著他，但臉上明顯流露出恐懼神色。不能再等了。海未把剩下的手掌抽出手銬，同時用腳踹桌，猛地撞向桌子另一頭的男人腹部，使他向後倒。

海未逕自衝向隔壁房間。

「住手！」

手指已經扣在扳機上。不能給對方反應的機會。海未一口氣跳到桌上，高舉對方的手……。鏜。

然而，在此之前，槍口濺出火星，鮮紅的血液噴濺到純白的牆壁上。

多未的頭被打出了一個大洞。

4
2025——馬山

在一片漆黑中，沒有電力的列車行駛了約一個小時後，終於悄然停下。海未背著昏迷的多未，在軍人的指引下換乘了另一列開往馬山的列車。當列車抵達馬山時，馬山站附近的室內體育館已經設好了避難所。

她們在避難所入口處的臨時診所接受了簡單的檢查。幸運的是，檢查結果顯示並沒有暴露在輻射下的跡象。儘管海未懇求醫療人員為妹妹治療，但由於重傷者不斷被送入，她們總是被擠到後面，能獲得夾板和枴杖已屬幸運。

在那裡，海未第一次聽說了這起事故的經過。第三次地震發生在核電廠正下方的活動斷層。專家們表示核反應爐雖承受得住六．二級的強震，但核電站燃料廠房只是普通的水泥建築，無法抵擋強震。隨著廠房下方的花崗岩岩層下沉，儲存數百束使用過核燃料的儲水槽變形破裂。地基的龜裂使得冷卻水流出，引發燃料棒火災。高溫下，燃料棒的金屬融化，導致周圍的水蒸氣迅速分解成氫氣。

在地震發生三十分鐘後，廠房內部累積的氫氣發生劇烈爆炸，燃料廠房的天花板被炸成碎片，大量放射性物質釋放到大氣中，並被東北風吹散。這一切發生在姊妹倆離開海雲臺僅僅十分鐘之後。

大約十天後，有消息稱情況開始好轉。新聞報導緊急對策本部向廠房注入海水，成功阻止了核電廠的熔毀，並在一定程度上控制了核燃料的外洩。

從那時候起，官方開始統計受害者人數。死亡人數以每天數十人的速度持續增加，受傷人數更是瞬間就超過一萬人，遭受輻射污染的病患則陸續被送往全國各地的醫院，每間病房都人滿為患。

體育館附近的棒球場被改造成災民的臨時住所，兩姊妹被分配到一壘附近的帳棚。她們每天都默默祈禱媽媽能平安抵達。然而，幾天過去了，媽媽仍然沒有出現。海未反覆查閱每天公開三次的倖存者名單，卻始終沒有媽媽的名字。

多未說媽媽曾說要去找姊姊，因而離開了地鐵站。媽媽好像認為手機能聯絡上。但訊號中斷了，海未無法接到媽媽的電話。在她逃到海雲臺站的時候，媽媽為了拯救她，逆著人流，走往大海的方向。

「要是媽媽出事，全都是姊姊的錯。」

多未說完這句話後轉身躺了下來。海未無法忘記她那冰冷的表情。

＊＊＊

就這樣，一個月、兩個月過去了，媽媽都沒有回來。整頓好的倖存者陸陸續續離開了棒球場，空出來的帳棚又有新的遺屬搬進去。既是倖存者又是遺屬的兩姊妹，只能茫然地等待媽媽的消息。

新聞裡偶爾會傳來一些奇蹟生還的消息。某個男人堵住地下室的窗戶，靠可樂和餅乾撐了一個月；一家人乘坐遊艇逃往大海，再隨海流漂流到日本等，這些都成了熱門話題，一度為遺屬們帶來莫大的希望。

然而，多數故事並非如此幸運。沒能逃離海雲臺的人們遭受了致命輻射，忍受著內臟被壓碎、皮膚剝落的痛苦，最終離世。即使是那些成功逃出的人也會在兩週內不幸死亡，而那些幸運存活下來的人也無法免除嚴重的後遺症。電視上的專家聲稱，暴露於輻射下的人數比統計顯示的更多，但無從得知確切數字以及何時會出現何種後遺症。

每天都有數十具屍體被送進體育館，家屬們認領了屍體後，接二連三地離開，原本擁擠的棒球場也變得冷清與空蕩。隨著秋天到來，兩姊妹的帳棚被搬進了室內體育館。這意味著帳棚的數量又更少了。

時間過了三個月，媽媽的屍體才被送到體育館。數字「3764」取代了媽媽的名字，雖然她口袋裡的身分證與衣著足以證明她的身分，但仍須按照規定的步驟等待基因檢查結果。檢查時，兩姊妹懇切地祈禱那具屍體不是媽媽，祈求著一切都是誤會。然而，奇蹟卻沒有降臨。媽媽最終成為冰冷的屍體，回到了她們身邊。

據說媽媽的屍體是在距離車站很遠的地方發現的。也許媽媽是為了要找尋女兒才會走到那裡。媽媽作為一名科學家，不可能不了解那一區的危險性。媽媽當時心裡到底在想什麼？一心一意想要拯救女兒嗎？那會是什麼樣的心情呢？她會覺得害怕嗎？是否感到痛苦呢？為了不孝女冒著生命危險，會不會後悔呢？會不會在心中責怪女兒呢？海未試圖想揣摩媽媽的心情，卻怎麼也想不到。

出乎意料的是，海未既不感到悲傷也不感到痛苦。早已支離破碎的心彷彿化為塵埃，就像有人用拳頭猛擊一個裝滿細沙的箱子一樣，心頭沉了一下。當她收到政府負責人送來的細節文件時，內心反而變得平靜。

多未淚如泉湧，抓住了她的衣領。

「為什麼姊姊活著？既然要死，應該是姊姊死！都怪姊姊。要不是姊姊，就不會發生這種事！去死吧。把媽媽救活，姊姊替媽媽去死！」

海未被妹妹打了一巴掌卻一點都不感到疼痛。如果這樣能讓妹妹好受一些，眼睛瘀青，嘴脣流血都無所謂。多未發洩了許久的怨懟，最後虛脫地倒在地上。海未坐在地上，讓昏倒的妹妹躺在自己的膝蓋上，她輕輕脫下外套，蓋在妹妹身上。

負責人默默等待兩姊妹平復情緒，端來了熱茶，平靜地問道：

「同學，妳們的爸爸……」

「很久以前就去世了。」

「那妳們還有其他家人嗎？親戚呢？」

「只有我和妹妹。」

「所以一直以來都是媽媽獨自撫養妳們嗎？」

「是的。」

「這樣啊，她一定很辛苦吧。」

這句話到底是什麼意思？一句無心之言無意間觸動了海未複雜的情緒，不知為什麼，她的鼻尖發酸。

負責人猶豫片刻，最終開門見山說道：

「妳現在必須做出決定。」

「決定……什麼？」

「妳們的母親進入了輻射數值非常高的地方，因此屍體受到嚴重的損傷。親眼看她的遺體，會讓妳很難受。」

負責人要海未決定是否要看媽媽的遺體或是直接封棺。海未決定不看屍體。因為她想留住記憶中媽媽美好的模樣。

然而，多未做了和海未截然不同的選擇。她不顧海未的阻止，親眼目睹了媽媽通紅的遺容。而當妹妹帶著浮腫雙眼回到帳篷的時候，她責備海未懦弱地逃避了媽媽的死亡，並且再次詛咒了海未。

媽媽受到輻射污染的屍體被安置在鉛製的厚重棺材裡。兩姊妹在沒人弔唁的葬禮上守了三天三夜。在葬禮期間，多未一言不發。自從她親眼目睹了媽媽的屍體，她就把海未當作透明人。唯有視線偶爾交錯時，她才會用憎惡的視線咒罵著：「真討人厭。」

不久後，媽媽的屍體和其他死者一同被安置在事故現場附近的空地。政府表示打算在那裡建立追悼館。幾年後政府兌現承諾，在那裡建造了巨大的大理石建築，再過了幾年又豎起了一座高聳的慰靈塔。海未一有時間就會去那裡看望媽媽。

不過，她從未和多未一起去過。

5

2045——首爾

海未無力地癱坐在地上。

她無法理解這一切。這只是一場艱難的測試而已，為什麼要做到這種地步？她用盡全力抱住從椅子上跌落的多未，但多未的身軀一動也不動。她尖叫著，眼淚奪眶而出。

但那些傢伙毫不理會。他們抓起了她的後領，無情地將她拖回原來的位置。手銬比剛才勒得更緊了。這一次好像解不開，被血浸濕的手掌無比黏膩。

那些傢伙離開了房間，海未被孤零零地留下，通往隔壁的門也關上了。在門緊閉之前，她看到多未倒在地板上的僵硬雙腿。恐懼與絕望的心情在腦海中揮之不去。

過了一會兒，雙胞胎才回到房間。

「妳看起來稍微冷靜了些，那麼我們繼續測試吧。」

「測試？你們還想測試什麼？要我證明我可以赤手空拳撕碎你們嗎？」

「妳只需要回答剛才的問題即可。有覺得哪裡不尋常嗎？」
「不要拖拖拉拉，快連我一起殺了。」
雙胞胎嘆了口氣。這一次他們朝左邊走去，打開了門。左邊也有一模一樣的房間。她無法理解自己看見的情景。
妹妹還活著。像剛才一樣被綁在椅子上。
「多未？」
「姊姊？」
「多未，妳沒事嗎？」
多未猛然把頭轉向她。
「姊姊早就知道了嗎？姊姊早就知道是這種測試嗎？姊姊明知道還叫我來這裡嗎？」
「妳在說什麼？妳從剛才就在說奇怪的話。」
「不是姊姊叫我來這裡的嗎？妳不記得了嗎？」
和剛才一樣的情況。
「多未，我也不知道這是怎麼回事，妳先冷靜下來……。」
雙胞胎又關上了門。海未瞪了雙胞胎一眼。
「剛才是怎麼回事？多未怎麼會在那裡？你們明明殺了……她？」
「這是另一種未破滅的可能性。哪個房間會成為現實取決於妳。如果妳不想再次經歷妹妹的死亡，現在請回答。」
他用槍口輕點著催促：

「有什麼不尋常的地方嗎？」
海未說出了正確答案。
「你們每次離開又回來，都會交換位置。現在可以了嗎？」
「……妳是怎麼發現的？」
「因為你們兩個人的語氣不同。還有，開槍射多未的人是你，對吧？我會記住的。」
雙胞胎對視一眼，點了點頭。
「妳合格了。現在輪到我們提議。」
他們說：
「如果妳願意和我們合作，我們會救活妳妹妹。」
他們又拿出新的名片。

你想重啟人生嗎？
我們樂意幫忙。
——總統直屬時間管理廳災難重建小組委員會——

6
2025——馬山

兩姊妹舉行了母親的葬禮後，被送到馬山的一所育幼院。

政府負責人告訴她們，因為媽媽生前的貸款和信用卡債務，和媽媽一起在首爾住過的房子即將被拍賣。她們從媽媽那裡繼承到的不是財產，而是債務。媽媽在女兒面前總是笑著說「什麼都不用擔心，想做什麼就做什麼」、「存款很夠，不用擔心」，卻獨自將困難埋在心底。

負責人協助不知所措的兩姊妹辦理了放棄繼承的手續，兩人好不容易從貼滿封條的家裡搬出幾樣私人物品。

沒有房子住也沒有親戚照顧，她們別無選擇地住進育幼院。雖然包括首爾在內，有幾家育幼院可供選擇，不過她們還是希望能住在媽媽長眠的追悼公園附近，於是負責人將她們安排到馬山的育幼院。

育幼院的生活並不愉快。看上去乾淨整潔的建築物內部，實則處處破舊不堪，地板嘎吱作響，下水道會飄出難聞的小便氣味。她們每天有固定的起床、洗澡以及用餐時間。要適應團體生活並不容易。

多未的腿留下了嚴重的後遺症，如果當初能及時治療，本來應該可以行走如常；但因為面對的是史無前例的災難，多未無法得到應有的治療，她的小腿嚴重變形，骨關節沾黏，最終只能坐上輪椅。

是因為這樣嗎？多未與事故前判若兩人，性情大變。她的舉止和語氣變得尖銳刻薄，對過去的執著愈來愈深。無論時間如何流逝，多未都無法擺脫那天的記憶。

多未不知從何處獲得了那個蝴蝶結髮夾，似乎是從媽媽遺體上偷來的。海未認為太危險了，想搶走髮夾卻拿妹妹束手無策。經過一段時間的網路自學，海未自行調製了昂貴的化學藥劑，消除髮夾上可能有的輻射。多未每天都戴著那個髮夾。

多未每晚都會抱著媽媽的照片，哭得肝腸寸斷地入睡。海未終於忍無可忍，偷偷藏起了媽媽的照片，盼望妹妹能夠走出過去的陰影。

那天晚上，多未大吵大鬧，吼叫到聲音嘶啞。

多未口中湧出了她從未想像過的髒話，如同利刃劃破了皮肉，令她疼痛不堪。但她沒有退讓。她不在乎自己受傷，她認為自己犯下了錯誤，理應承受代價。

但是，多未不一樣。多未本不應該經歷這種事情。多未必須要擺脫這道傷痕。只要多未沒事，只要多未能從那天的詛咒走出來，無論多未多恨她，海未都願意忍受。海未始終沒有把照片還給妹妹。

自從失去媽媽的照片後，多未逐漸變得依賴海未。隨著時間過去，多未開始像個五歲的孩子般依賴海未，不時要求「姊姊餵我吃飯」、「姊姊給我零用錢」、「姊姊幫我洗頭」、「姊姊抱抱」、「姊姊幫我換衣服」……多未哭鬧不休，一刻都不想與姊姊分離，有時甚至會喊她媽媽。但海未會盡量假裝不知道。她不願意失去這來之不易的平靜。

就這樣，海未成為了多未的「媽媽」。雖然要在每件事上無微不至地照顧妹妹並非一件容易的事，不過這一切都還在她能夠承受的範圍內。與媽媽過去的辛苦比起來，這些根本算不了什麼。爸爸去世之後，媽媽獨自撫養兩個女兒將近十年，和媽媽的辛勞相比，她所承擔的這些真的不值一提。

多未漸漸地恢復了心情，重拾學業，成績如以往一樣優異。多未繼承了媽媽的聰明才智。媽媽為了供女兒上知名補習班而債臺高築，海未開始留意多未的成績，若有需要，她會像媽媽一樣想盡辦法籌錢，送妹妹上補習班。

兩姊妹比同齡人晚一年畢業。海未變成了高中生，多未則變成了國中生。海未立刻著手準備妹妹的高中入學考試。因為如果媽媽還在，媽媽一定會這麼做。目標是地區內的名門學府錄取率最高的私立女子高中和特殊目的高中。不過，妹妹都拒絕了。因為那需要住校。多未不願意離開海未。

比起入學考試，更讓海未感到擔憂的是經濟問題。海未即將畢業，畢業之後就必須要搬出育幼院。這意味著她需要開始自己賺生活費。再過三年，多未就要上大學了。如果想送多未去首爾上大學，她需要準備一大筆錢，包括學費與生活費。海未雖然打了幾年工，努力地存錢，但仍遠遠不夠。

一開始，海未曾經考慮過放棄上大學，直接就業，存錢把多未送去好學校。她將這個想法告訴了學校裡負責升學諮詢的老師。那位老師可能是出於對海未處境的同情，因此積極幫忙尋找解決方案。

「聽說明年海洋大學會將校區搬遷到這裡，因為原本在釜山的學校招生不太順利。他們現在的新校址就在鎮海海軍基地旁邊，看來應該是和軍方簽訂了某項協議，所以也新增了副士官育成課程。」

「老師要我去當軍人？」

「如果妳能拿到軍隊獎學金就能全額減免學費。軍隊給的補助原則上不屬於獎學金，妳一樣能領受災者的五十％獎學金。不管怎麼說，這對妳來說是不錯的條件，工作有保障，還能湊到妹妹的學費，距離也不遠，方便就近照顧妹妹。」

很難想出比這更好的辦法。海未最終向新成立的兩年制工業潛水系遞交了申請表。這項決定並沒有考量個人特質與未來目標，就只考慮了獎學金。因為是體力勞動，所以似乎比其他科系更適合海未。

入學後，她是二十名新生中唯一的女性。潛水界的所有標準都以男性為主，所有的規格都是一致的。一隻手套、一個氧氣筒對她來說都過於龐大。她獨自搬運超過五十公斤的裝備就已經是高難度任務，每天數度懷疑自己是不是來錯了地方，但她不能輕易放棄。因為一旦中斷學業，目前為止獲得的補助金必須全數返還。她無論如何都必須堅持到畢業。

當她逐漸適應後，她發現潛水其實是份特別適合自己的工作。在水中邊憋氣邊行動需要忍受巨大痛苦，而忍受痛苦恰恰是她的強項。兩年來，她一直保持著優異的成績。

她從學校畢業後成為了軍人。她自願加入SSU的原因很簡單——她想救人。當時，在各地排斥女性的陋習逐漸被打破，她憑藉這股社會風氣，幸運地被選為示範項目的候補。當然，她必須忍受別人嚴苛的視線，時時刻刻證明自己的能力。在為期二十六週，淘汰率超過半數以上的教育訓練結束，再也沒人關心她的性別。她被選為了SSU的潛水員。

問題是多未。

在她決定入伍的那天，多未又回到了第一天的模樣。亂扔東西，尖銳地指責姊姊拋棄了自己。

「妳嫌我煩了嗎？」

「多未，不是那樣的。如果想送妳去首爾上大學，這是最好的方法……」

「我有求妳送我上大學嗎？」

海未不希望又被多未討厭，但她認為這次必須要堅持自己的立場。因為如果是媽媽，媽媽一定會那麼做。

「媽媽一定希望妳能上好的大學，妳記得吧？媽媽為了拉拔妳，有多麼努力。」

「……」

「多未，拜託了。就算是為了媽媽，忍耐吧。」

「拿媽媽當藉口，姊姊太卑鄙了。」

多未沒有繼續抗議。因為她無法違抗「媽媽」這個詞。

隔年，多未考上了人人羨慕的大學，和媽媽一樣主修物理。當海未把多未送到首爾時，給了她存有迄今所有積蓄的存摺。即使不申請學貸，這筆錢也足夠多未完成四年大學學業。在她重新回到昌原的路上，她第一次感到鬆了口氣，認為自己已經盡了責任。

儘管她從未明言，不過她始終認為和多未分開是一件好事。畢竟她們是只能一起悲傷的關係；畢竟每次看見對方都只會勾起不好的回憶；畢竟從來沒有過一起開心的回憶。她認為這對妹妹也會是一件好事。但其實不應該那樣，不應該和妹妹那樣分開的。

幾年後，多未主動輟學。

7

2045——首爾

外面，太陽西落。

海未捲起袖子查看時間，時針指著下午五點。她搭上公車去光化門。這是為了再次見到妹妹。一想到妹妹還活著，從昨晚開始經歷的一連串事件就像一場令人厭煩的夢。

縱使她剛才聽了詳細說明也無法相信。

『我們有時空旅行技術。』

他們分明是那麼說的。

『海未小姐妳將成為時空旅行要員——潛水員。』

『我要前往過去拯救某人嗎？』

『是的。』

『要救誰？』

『令堂。』

她頓時一陣慌亂，本以為頂多加入預備小組，當其他要員陷入危險時進行救援或是阻止一場了不起的政治暗殺事件。她怎麼也料不到任務是拯救媽媽。

『妳要做的只有一件事：回到二十年前事故發生的海雲臺，拯救妳的母親陳秀雅。』

即使她曾無數次懊悔，想著如果能挽回那天的事故；如果時間能夠倒轉，她願意拿餘生換取。但她從沒想過這樣的奇蹟真的會發生。

『這很難說服我。這只對我單方面有利吧？你們能從中得到什麼？』

『時空旅行能改變過去。累積相關數據對時間管理廳非常重要。』

『為什麼不一開始就告訴我？我不可能拒絕救我媽。』

『如果我們一開始就告訴妳，妳真的會相信嗎？』

這句話說得不無道理。

能進行時空旅行，能救活媽媽——彷彿是為她量身訂做的絕佳機會降臨了。這是她最期盼的願望。隨著雙胞胎的說明，她原本的懷疑逐漸轉變為熱情。

海末沒開出任何附加條件便接受了雙胞胎的提議。只要能回到過去拯救媽媽，她願意付出一切代價。她簽署了十多份保密協議及放棄人權的諒解備忘錄後才成為他們的一員。雙胞胎彷彿早已預料到她會答應，從口袋中取出一張印有海末立體照片的全像圖員工證遞給她。

『讓我正式介紹一下。我是輝，他是賢。雖然我們倆很難區分。』

『有禮貌的是輝，急驚風的是賢吧？』

還有，射殺多未的也是賢；把那東西塞進我鼻子裡的也是賢。

海未坐在公車的窗邊座位，撫摸著鼻子下方。鼻孔裡乾涸的血液讓她感到不適。在離開那棟大樓之前，賢往她的鼻腔裡扎了一根細長的針。據他所說，海未大腦裡已經被植入了一種生物植入物。那種植入物會像癌細胞一樣在海馬體邊緣成長並於細胞之間扎根，監測被植入者的思想與記憶。

雖然她不相信。

『如果違反了委員會制定的任何一條守則，該生物植入物就會立刻將妳的大腦像果凍般融化。同樣的，如果妳向未經授權的人洩漏時空旅行的祕密，或是想逃離委員會，還是偷竊任何東西，也是如此。』

她毫不打算做那些事。

頭一陣陣抽痛。海未將拇指和食指壓在眼瞼上，深深地嘆了口氣。渾身乏力。不到一分鐘，眼皮就緩緩闔上了。

＊＊＊

委員會希望多未也能加入時空旅行行動。海未是這次時空旅行的前線潛水員，多未則是前線支援助手。雙胞胎說考慮到兩姊妹的能力，兩人都必須參與團隊才能達到協同效應。

她必須想盡辦法說服妹妹，把她帶進那棟大樓。這是復活多未的條件。雖然她並未完全理解，不過雙胞胎聲稱大可向多未透露時空旅行的祕密。因為多未是通過測試的人，這並不算違反保密協定。

『好，我會說服她的。現在救活我妹吧，這樣我才有可能說服她。』

『不用擔心。』

輝說。

『閔多未從未死去。實際上，她從頭到尾沒來過這棟大樓。』

他們似乎在她察覺之前已經展開了行動。

***

當海未一到光化門廣場，立刻就發現了穿著珊瑚色背心的多未。妹妹坐在電動輪椅上拿著平板電腦，播放著充滿粗糙感的影片，正在獨自進行示威。

「讓海雲臺恢復原貌！無論要花多少錢，政府都應該重建釜山！」

有多久沒見到妹妹這副模樣了呢？三年？還是四年？因為久違的重逢，海未緊張地走到妹妹身邊。

海未靜靜地站在多未身旁，與她並肩。媽媽留下的髮夾映入眼簾。時間流逝了二十年，多未依然戴著它。即使如此，蓬鬆的捲髮仍然蓋住了多未的半邊臉龐。由於瀏海的遮掩，她無法清楚看見多未的眼睛。

多未先認出了她，開口說道：

「姊姊怎麼來了？又想嘮叨我？」

「多未。」

「幹嘛？」

「我有話要說，非常重要的話。」

「什麼話？是媽媽死而復生了嗎？」

「對。」

妳也是。再次聽見妹妹的聲音，才終於有了真實感，眼淚莫名流了下來。

「真是夠了。」

多未把拿著的平板遞給海未。

「拿著。」

海未接過平板。多未的雙手空了出來，她撥開凌亂的瀏海，從口袋掏出一根菸，叼起了菸。

菸草和薄荷混合的香氣刺激了鼻子。

「哎，好久沒看到這麼討人厭的臉，連抽菸的興致都被搞砸了。」

多未不耐煩地扔掉了菸。海未彎下身撿起落地的香菸，收進了自己的口袋。

「妳的手又怎麼了？」

多未用下巴比了比海未手腕上的繃帶。

「為了救妳才這樣。」

「瘋了吧，又在胡說八道。」

「多未，我們先回家吧。」

「為什麼？妳又要叫我收手了吧。又想說這個，是不是？」

「不是那樣的。」

「不然是怎樣？現在說啊。」

「這裡不方便，回家再說。」

「算了啦，滾。」

多未又搶回平板，把平板摺起來後放進口袋，然後啟動電動輪椅。海未走在妹妹身邊。

「拜託，不要跟著我。」

「多未，是很重要的事。」

「少騙了。」

就在那瞬間，輪椅突然微傾，停了下來。輪子被破裂的人行道地磚卡住。多未不耐煩地前後晃動搖桿，輪椅發出危險的聲響不停地晃動，但輪子卻文風不動。

海未雙臂交叉，故意冷眼旁觀。

「不好意思，能幫忙一下嗎？」

多未向周遭的人求助卻無人理會，最後多未嘆了口氣，向海未開口道：

「……幫我。」

海未走到妹妹身邊，稍微使勁推了推輪椅，輪子輕鬆地擺脫被困住的窘境。

＊＊＊

「姊姊，不是這邊。右邊。」

「咦？妳家不是在那邊嗎？」

多未嘆了口氣。

「那裡是我和民俊以前住的地方，現在我一個人住。」

「什麼？妳說妳以前和誰住？」

「妳不知道嗎？有一陣子了。」

「……」

「姊姊一點都不關心我。」

「對不起。」

「不要道歉，一點誠意都沒有。」

多未嘟噥著，帶頭走了。

不久後，兩人到了多未的家。是老舊公寓的一樓。建築物老舊得讓人懷疑首爾市是否真的還有這樣的地方。

「妳想說什麼？」

多未一進屋劈頭就問。

「我有辦法讓媽媽復活。」

海未把雙胞胎的提議一五一十告訴了多未——能夠進行時空旅行、能返回過去拯救媽媽、需要一個幫手。她也簡單地提到測試，只是省略了多未被槍殺的部分。

當海未說完一切，時針已經指向了午夜十二點。多未出奇平靜並全盤接受了她的話。

「姊姊想回到二十年前的海雲臺救媽媽？」

「妳相信我的話嗎？」

「像姊姊這麼乏味的人會這麼認真，應該不是謊言吧？我想妳一定親眼目睹了某些事。」

海未點了點頭。

「雖然我沒有親自試過時空旅行，但妳說得沒錯。」

「我不要。」

面對多未突如其來轉變的態度，海未感到驚慌失措。

「為什麼？有什麼問題？」

「沒什麼。」

「多未！」

海未不自覺提高了音量，多未摀住一邊耳朵，皺起眉頭說道：

「姊姊，除了那件事，我還有很多重要的事要處理。」

妳有什麼事要處理？這句話蹦到嘴邊，最後強忍了下來。仔細想想，辭去工作的自己也是半斤八兩。海未抑制住怒火，放柔了語調，再次試圖說服妹妹。

「多未，這是讓媽媽復活的好機會。」

「妳相信那種鬼話？如果這麼簡單，機會哪輪得到我們？百分百去送死。」

「我知道這很危險。所以他們才會找上遺屬。」

「姊姊明知危險，還是要那麼做？」

多未又叼了一支菸，海未看不下去，搶走了她口中的菸。

「抽菸對身體不好。」

「又來了。」

「既然妳相信時空旅行，為什麼不相信能拯救媽媽？」

「去了又怎樣？如果姊姊也死了呢？那誰來支付我生活費？妳忘記妳要照顧我一輩子的嗎？」

「……」

「不要忘記，媽媽是因為姊姊才死的。」

「我記得。」

「是姊姊害死了媽媽。」

「我說我記得。」

「因為姊姊擅自回旅館，媽媽才會……」

「我說我知道，不要再說了！」

海未忍不住大喊：

「所以我在找解決方法！把媽媽救活不就好了嗎？」

房間裡頓時安靜下來。多未面無表情地閉上了嘴。她拄著枴杖一跛一跛地走到冰箱前，拿出剩下一半的燒酒，整瓶往嘴裡灌。即使海未離得很遠，依然能聽見酒順著喉嚨嚥下的聲音。半瓶燒酒，瞬間就空了。

「妳不是說妳戒酒了？」

「有什麼關係。反正很快就會死了。」

多未拿出一瓶未開封的燒酒，故意用力打開瓶蓋，不等冰箱門關上就咕嚕咕嚕灌了下去。

海未看不下去，站了起來。

「很抱歉來找妳。這個問題我會自己解決。」

只要救活媽媽就好了。明天試著說服雙胞胎就行了，沒必要讓多未置身險境。就算只有我一個人，我也能做到。海未快步走向門口。

「喂。」

正要走出門外時，多未叫住了海未，把放在附近的毛毯扔向她。

「時間已經很晚了，今天就在這裡睡吧。」

***

喝醉的多未很快就睡著了。酒量不好的她總是用這種方式自我折磨，海未曾以為時間能夠讓多未好轉，擺脫對酒精的依賴，但似乎還是沒能夠戒除。

海未打掃了被灰塵覆蓋的地板後，找了適當的地方躺下，她的手伸進口袋碰觸到媽媽的照片。她記得雙胞胎說過那張照片是被派到海雲臺的潛水員收集到的資料之一。

海未的思緒回到了二十年前，那一天她收到了媽媽手機中的資料。事故發生時，政府宣稱受害者的手機受到輻射污染，只復原了手機本身儲存的資料，交給家屬後，便將手機全部回收並銷毀。遺屬從政府負責人那裡收到了一個隨身碟，裡面有親人們最後的通聯紀錄、簡訊和通訊軟體中的聊天紀錄等。

最重要的是，人們最迫切渴望收到親人們的照片和影片，海未也滿懷期待打開了隨身碟，但文件夾裡只有寥寥十幾個檔案，甚至有幾個是媽媽拍下的，記錄著她的兩個女兒的照片。沒有媽媽的照片或影片，手機裡沒留下媽媽自己的痕跡。

那幾張照片就是媽媽所有的人生紀錄。

媽媽沒有自己的生活。她獨自撫養兩個女兒，被女兒討厭，最後為了救女兒年紀輕輕就走了。媽媽的世界是一個緊迫得喘不過氣的世界。海未三歲時，爸爸在一個連名字都沒聽過的遙遠國度遭遇了意外。那時多未還在媽媽肚子裡。自爸爸過世後，媽媽獨自承擔起一切責任。她放棄了睡眠與所有的生活樂趣，全心全意地投入撫養女兒的重責大任中，沒有喘息的時間。

儘管如此，媽媽始終保持開朗和樂觀，經常對兩個女兒說「沒關係」、「不用擔心」、「妳們只需要專心讀書，其他的事情不用煩惱」。雖然她有時會嘮叨卻從不口出惡言；雖然有點庸俗卻從不自私踐踏他人。媽媽是個不淺薄、不偉大，平凡得恰到好處的人。海未當時太小，長大後才明白維持中庸之道有多麼不容易。媽媽是個值得尊敬的人。

海未記得小時候有一次忘了準備隔天美術課需要的彩色鉛筆，哭著向媽媽求助。那時已是深夜，媽媽邊嘆氣邊打給認識的媽媽們。「敏珠媽媽，妳好嗎?是這樣的，妳有多的彩色鉛筆嗎?好的。麻煩借我一枝用不到的顏色。」媽媽打了十幾通電話後，就到附近去收集不同的彩色鉛筆。晚上十點多敲鄰居的門或許是一次非常丟臉的經歷，但媽媽沒有表現出來，只是微笑著提醒海未要省著用。媽媽就是這樣的人。

那場事故發生後，作為姊姊的海未不得不扮演母親的角色照顧起多未。她逐漸理解了媽媽的心情，體會到撫養一個孩子要承受多少痛苦，以及把一個生命平安地撫養成人又需要付出多少犧牲。

對海未來說，最痛苦的莫過於多未犯錯時，她不得不責備多未的情況。當父母假裝對孩子感到不滿時，雖然是假裝的討厭卻像是真的一般。那樣的謊言會刺痛孩子，並在放聲大哭的孩子心底留下深刻的疤痕，最終疤痕會轉化為真正的憎惡，反過來刺向父母。每當海未看到多未那充滿厭惡的眼神，就會感到如窒息般的痛苦，想到自己也曾用同樣的眼神看待媽媽，她的心中充滿了深深的愧疚。

如果那天的旅行能更愉快一點，也許她現在就不會如此悲傷；如果那天她能用更開朗的態度與媽媽交談；如果她能多和媽媽說幾句話，她可能會比現在好。但她沒做到這些。因為那微不足道的自尊。

事故發生的那一天，她到最後都還在與媽媽吵架，沒有一句簡單的道歉，在冷戰中浪費了寶貴的一天。母女倆互相說出了傷人的話，給對方留下了深深的疤痕。也許媽媽去世前的最後回憶，就是她這個不孝女兒的刻薄言語和怨懟眼神。每次一想到這裡，海未就恨不得殺死自己。

至少可以不說出**那句話**。

要是地震一發生的時候，三個人就一起行動，或許就不會發生這種事；要是她沒把**那東西**留在旅館；要是她沒有堅持要回旅館，媽媽說不定能活下來。但她卻固執地獨自回去，和找她的媽媽擦肩而過。

她從未想過她的人生僅因這個原因分崩離析。媽媽再也沒有回來，過去的生活也戛然而止。無論她如何努力都無法回到那場事故發生前的生活。從那之後，無論做什麼她都不覺得幸福，輕快的歌曲讓她感到厭煩；美麗的花朵使她淚流滿面；看到他人微笑，她會沒來由地厭惡他們。

正因如此，她接受了雙胞胎的提議。她無法抗拒回到過去的機會。她想把人生還給媽媽。即使這意味著自己可能喪命，至少她要再見媽媽一面，向媽媽道歉。

我一定要救回媽媽。一定。

海未默默下定決心後沉沉入睡。

***

卡啦一聲，驚動了海未，她睜開了眼睛。

「喂，妳起床了沒？」

海未剛坐起，多未就朝她扔出了某件物品，她下意識地接住，卻因為熱度而吃驚，使東西掉到地上。那是有半焦味道的超商夾心吐司。吵醒她的是智慧型微波爐門開啟的聲音。

「就算不好吃也將就一下。」

海未撕開包裝，咬了一口。是夾蛋口味。多未一跛一跛地走過來，把一杯咖啡放在地板上。

「妳不吃？」

「不了，宿醉害我頭痛得要死。」

「誰叫妳喝那麼多。」

「囉嗦死了。」

多未再次揉著頭躺到床上。隨著對話的中斷，一股尷尬的氣氛瀰漫開來，持續了許久。海未雖然有心打破這令人不自在的沉默，卻找不到合適的話題，只能加快吃吐司的速度，想快點離開這令人窒息的空間。

「那個。」

多未突然開了口，說道：

「我願意做。我指，時空旅行。」

「真的嗎？」

「我答應不是因為姊姊，是因為媽媽。」

多未嘆了一口長氣後道：

「人生就那麼結束的話，媽媽太可憐了。」

坐在地上的海未看不見床上的多未是什麼表情，但不知為何，她好像能猜到。

她捧著散發撲鼻香氣的熱咖啡，輕聲說：

「謝謝。」

8

2045——首爾

第二天，海未來到了災後重建委員會大樓。在類人類的引導下步入了會議室。多未已經先到了，穿著一身沉穩的米色套裝，原先披散至肩的亂髮已修剪成了俐落短髮。相比之下，海未隨意套上的舊運動服讓她感到些許尷尬。

不久後，輝開門走了進來，賢沒有一起來。輝遞給多未同意書，在多未簽名後簡單說明了日後的行程。

「稍後會進行最後測試。」

輝說。

「妳們將進入時空潛水機，我們會觀察妳們對時空旅行是否有排斥反應。」

「如果出現排斥反應會怎麼樣？」

海未問道。

「時空潛水機運作時，妳們會被一種叫『保護泡沫』的物質包圍。對保護泡沫適應性差的人可能會出現各種後遺症，症狀類似於潛水夫病。輕微的包括頭痛、嘔吐、暈眩或聽覺障礙，嚴重的話……我還是不說的好。不過不用太擔心，很少發生這種情況。」

海未看著多未，多未點點頭，說道：

「我無所謂。我們快點開始吧。」

輝領著她們前往對面的房間。穿過那個房間後就出現了另一個房間，再穿過之後又有另一個房間。

「這是軌域[4]嗎？」

多未指著門上的數字問。

「沒錯，每個座標的機率密度都是用薛丁格方程式計算而出的。」

「是什麼東西存在的機率？」

「泡沫粒子。」

「我第一次聽說這個。」

「那是一種特殊物質，能將時空機率重疊在一起。這些房間就是粒子將會進入的空間。這種粒子遵循包立不相容原理[5]，所以不會有相同的狀態值。」

「那麼機率密度分布的中心是什麼？」

---

4 Orbital。是最新的原子模型，用機率密度函數指出原子核周圍的電子可能的位置與狀態。

5 Pauli exclusion principle。對於稱為費米子的基本粒子來說，同種類的費米子不能處於相同的量子態。

「一臺時空潛水機。」

輝一邊回答一邊推開了下一扇門。這次進入的房間與先前的房間截然不同，相當寬敞，內部密密麻麻地擺放了各種複雜的機器。

在房間的正中央矗立著一個祭壇般的高聳臺子，臺子周圍的地面則鋪滿了連接各種機器的無數電線。祭壇上方有一個能夠容納一人的透明圓柱體，圓柱體內部有一張像是飛機座椅般的椅子被牢牢固定在地面上。

「那個就是時空潛水機嗎？」

多未問。

「是的。請先換衣服。」

輝遞給兩人各一件深灰色的衣服。

「這是時空潛水服。進行時空旅行時，一定要穿上它。妳們可以在它外面套上平常穿的衣服。」

「這有點像濕式潛水服[6]。」

海未仔細觀察時空潛水服說道。

「它的結構更接近乾式潛水服[7]，不同的是，我們往裡面注入的不是氬氣，而是保護泡沫。」

「保護泡沫到底是什麼？」

海未問。

「潛水員在進行時空旅行時會被彈出時空軸，那時保護泡沫可以保護潛水員免於撞擊傷害。由於這種泡沫是種只存在於理論中，人類感官無從感知的物質，所以妳不會感覺到它的存在。在這裡，妳看腰帶上的罐子。它裡面充滿了這種泡沫，泡沫就像薄膜一樣會自動包覆妳的身體，可以把它想成是氧氣罐。」

輝也解釋了腰帶。

「時空旅行開始的瞬間，腰帶會與時空潛水機發生量子糾纏，它就像連接浮標的救命繩索，只須轉動腰帶上的旋鈕便能隨時返回起始點。當然，也存在回不來的風險。」

他接著指向時空潛水服手腕上的智慧型手錶，說道：

「我們改造了2025年上市的智慧型手錶，使它變成了潛水電腦錶[8]。在手機螢幕上會即時顯示剩餘時間與保護泡沫的餘壓。當餘壓下降，配對的耳機將發出警告提醒潛水員。基於安全規定，能在過去逗留的時間限制為十分鐘。必須在十分鐘內返回。」

「超過十分鐘會怎樣？」

多未問。

「泡沫消耗量會根據與周圍環境的相互作用而增減，雖然時間存在差異，但一般來說，最多只能保證十五分鐘內不會有事。」

「如果超過十五分鐘呢？」

「那麼很可能會永遠回不來。」

---

6 wet suit，潛水服的一種。由於沒有完全隔絕外部的水，所以潛水員的身體也會被弄濕，因此被稱為「濕式」潛水服。

7 dry suit，潛水服的一種。為了不讓外部的水流入，在潛水服內形成空氣層，潛水員的身體不會被弄濕。

8 dive computer，潛水輔助裝置。能自動計算水深、溫度、減壓時間、體內氮含量、上升速度等。

***

兩姊妹來到隔壁的房間，脫下身上所有的衣服，換上時空潛水服後再套上普通衣物。多未不熟悉穿潛水服的方法，先換好的海未幫她換衣服。

兩人準備完畢後，輝啟動了時空潛水機。

「機器頂部的透明圓柱體稱為『鈴』，理論上，它能增強時空潛水服的功能，讓潛水員在過去的時間裡停留得更久也更安全。只要待在鈴裡大約可撐一小時。」

「聽起來像是PTC[9]。」

多未這麼說。輝指了指鈴說道：

「那麼就從海未小姐先開始吧，請坐到椅子上。」

海未走進圓柱體，坐在椅子上，輝隨後進入，仔細地替她繫好安全腰帶。確定腰帶繫得夠牢後，他走出圓柱體並關上了門。

「我現在應該做什麼？」

「什麼都不用做，妳只需要坐在那裡。」

「只要坐著就好？」

「暫時閉上眼睛。」

她閉上了眼睛。四面八方傳來機器運轉的嘈雜聲，她感覺身體像飄浮在空中，呼吸也變得有些困難。

「現在從一數到五，再睜開眼睛。在那之前，無論發生任何事也絕對不能睜眼。」

海未開始在心裡慢慢地數數。

一、二、三、四、五。

***

當她再次睜開眼睛時，她正在墜落。

這到底是怎麼回事？多未呢？大樓呢？海未焦急地想移動身體卻動彈不得。她仍然被緊緊綁在透明圓柱體內的椅子上，而失重的圓柱體不停旋轉，使她的視線始終看著下方。

有很多人。很多人。他們正在死去。倒塌的大樓殘骸正壓向他們，他們發出可怕的尖叫聲，從四面八方還傳來呼救聲。但身體被束縛的她無能為力，只能墜落。

彷彿有人從背後勒住了她的脖子，海未感到窒息卻連一根手指都抬不起來。血液倒衝大腦，令她的臉變得滾燙而通紅。

椅子旋轉得愈來愈快，她的視線就像坐雲霄飛車一樣，在天地之間急速下降。她強迫自己保持清醒，努力計算自己的位置。椅子是從三十多樓的高處墜落，這是人類絕對無法生還、必死無疑的高度。奇怪的是，一想到這裡，她反而感到了一絲輕鬆。

她逐漸接近了地面，圓柱體即將與地面相撞，她想像著頭蓋骨粉碎的畫面，不再掙扎，平靜

9 人員運送艙（Personal Transfer Capsule），將潛水員安全地送到深海的運送裝備。

地閉上眼睛。但——

什麼都沒有發生。

她突然感到自己被重新拉起。她又回到了原來的地方。

＊＊＊

一回到起始點，她立刻湧上一陣強烈的噁心感，並把胃裡的東西都吐在了地板上。一股酸臭味撲面而來，刺激了她的嗅覺。輝打開門進入，解開了她的安全腰帶，她這才感覺呼吸順暢了許多。

輝用筆燈照著她的眼球，仔細檢查她的瞳孔反應。

「妳覺得自己在那裡待了多久？」

「大概……五分鐘。」

「好，那就不用擔心產生悖論了。」

他關掉筆燈，遞出一條手帕。

「別擔心，每個人一開始都會吐，我們經常遇到這種情況。」

「剛才那是怎麼回事？」

海未一邊用手帕擦拭嘴角的殘餘嘔吐物，一邊問輝。儘管連淡黃色的胃液都吐了出來，但她感覺胃裡還在翻騰。海未試圖起身，雙腿卻一軟，幸好輝及時扶住了她，並回答她的問題。

「剛才妳看到的是五十年前的這裡，時空潛水機只能穿越時間，無法穿越空間。」

「那裡有一棟粉紅色的大樓，幾乎已經完全倒塌，還沒坍塌的部分看起來也很危險，那裡有人被壓在大樓的殘骸下……」

「我知道。那是發生在妳出生之前的事。」

輝讓她坐在沙發上。她握緊了自己顫抖的雙手，心跳還是相當紊亂。

「幸運的是，妳看起來沒有什麼嚴重的後遺症。等妳慢慢習慣這個過程，嘔吐反應也會逐漸減輕。」

輝似乎誤以為海未的嘔吐是使用潛水機的後遺症，但她知道不是。噁心只是她的心理反應之一，就像往常一樣。

因為她終究還是想起了**那一天**。

不過她選擇隱瞞，只是安靜地點了點頭。

「輪到多未小姐了。」

輝一喊名字，多未就推著輪椅靠近。就在這時，輝俯身在海未耳邊低聲說：

「就是現在。」

「什麼？」

「能救回妳妹妹的機會。」

醍醐灌頂。這時海未才恍然大悟，多未的穿著和兩天前一起接受測試時完全一樣。那一天，多未來自未來，也就是來自這一刻。

多未即將藉由潛水機回到過去，接受雙胞胎的測試。而海未清楚知道，在測試的最後一刻會發生什麼事。

「多未。」

海未呼喚了妹妹的名字。

「喔，怎麼了？」

「答案是『他們交換了』。」

「什麼意思？妳突然在說什麼？」

「記住了嗎？妳一定要記住。」

「又在胡說八道了。」

多未從輪椅上下來，扶著欄杆爬上樓梯。輝攙扶著她，幫她坐上椅子。鈴的門緩緩關閉，多未閉上了眼睛。海未想起多未即將經歷的痛苦與恐懼，在心底替妹妹打氣。

「現在起，從一數到五，再睜開眼睛。」

輝指示道。當他按下按鈕，多未和鈴一塊消失，穿越到過去。

「為什麼要把事情弄得這麼複雜？」

海未問。

「這是唯一的方法。我需要海未小姐來說服多未小姐，我也需要多未小姐來說服海未小姐。為了說服妳們兩個，我必須同時滿足這兩個條件。」

「我不太明白。這怎麼可能？多未現在之所以回到兩天前，是因為我昨天說服了她，把她帶來這裡。在我決定帶她過來之前，她怎麼會出現在過去？」

「有幾種方法能創造封閉的時間迴圈，可惜我沒有充足的時間解釋。」

海未覺得即使輝解釋了，她恐怕也難以理解。

「現在我需要穿越到過去，一起進行測試。海未小姐現在可以回去了，不用擔心多未小姐，我會確保她平安回家。」

「我想等我妹妹回來再走。」

「她回來的時候可能不會帶來什麼好消息。我建議妳今天不要再見她。」

難道這也是透過時空旅行提前得知的？就在海未猶豫之際，輝爬上了鈴已經消失的潛水機。

「海未小姐，我給妳最後一個建議。」

他說著，將時空潛水機的瞄準器對準了自己的頭部。

「小心賢。他真的很恨妳。」

隨著一聲怪異的聲響，輝消失了，穿越到了過去。

9 2045——首爾

「真是討人厭的混蛋！這兩個傢伙半斤八兩！」

多未從早上開始就不停地咒罵，海未用充滿憐愛的眼神看著妹妹，覺得兩人能夠一起活下來，實在太幸運了。

「我昨天真的以為自己要死了。」

「幸好妳答對了。真是太好了。」

「如果姊姊沒告訴我答案，我就完蛋了。他們不會真的開槍吧？」

「我不知道。」

幸好他們沒有在多未的腦海中植入任何東西。也許他們認為多未不會背叛自己的姊姊，或者他們認為即使多未逃跑，自己也能輕易地抓回來。

兩人在大廳裡一出示通行證，類人類就領著她們前往房間。

「為什麼明明每個房間都長得一模一樣，每次卻都帶我們去不同的房間？其他房間會不會也有人？」

多未像是自言自語似的提問，讓海未想起了三天前的那場測試。那次在多未死後不久，隔壁的門打開了，裡面坐了另一個多未。那是怎麼回事呢？現在在其他房間裡，也有其他的閔海未和閔多未嗎？這怎麼可能？雙胞胎曾說那是另一種未破滅的可能性。如果是多未，搞不好會知道答案，但如果要告訴她這件事，就必須說出多未曾經死掉的事實。於是，海未決定暫時壓抑自己的好奇心。

***

「兩週後出發去釜山。」

輝一邊說著，一邊在會議室的桌上打開了全像投影地圖，事故現場的三維地形圖在空中繪製完成。

「如我先前解釋過的，時空潛水機只能穿越時間，無法穿越空間，所以妳們必須親自到現場安裝它。」

地圖上標出了一個紅點，那是海雲臺水產市場裡的一條窄巷。

「我們會將大本營設在這裡，在執行任務期間，這條巷弄將被封鎖，禁止人員出入。這裡是少數幾個安全潛點之一。」

「為什麼偏偏是海雲臺？」

多未突然發問，輝皺眉回應道：

「我不明白這個問題的意思。」

「為什麼偏偏要回到事故發生的那個時刻？我們不是可以把時間點設得更早嗎？比如一週前，去阻止事故發生。」

「事故是無法阻止的。從現實來看，我們不可能把那麼大量的核燃料轉移到其他地方，再者，韓國沒有地方能存放那些燃料。」

「至少我們可以提前疏散人群。」

「要怎麼做？如果真的有那種辦法的話，就告訴我吧。就算去警告大家說會有地震，又有多少人會相信呢？蔚山、梁山這些地方都在污染半徑內，政府要拿出什麼樣的證據才能說服五百萬人撤離？」

「這個……」

「讓我說清楚吧。兩位的目標不是防止事故發生，而是在不改變過去的情況下救活一個人。但如果為了救活陳秀雅一人，不顧一切地擅自介入事故，而對因果關係產生巨大影響，說不定會導致原本應該存活的人喪生。多未小姐，妳能承擔這樣的後果嗎？」

多未最終閉上了嘴。

「我們要自己安裝嗎？」

這次是海未提問。

「多未小姐接下來將學習安裝與使用方法。會有一名委員會職員同行。他叫鄭敏洙。他說認識兩位。」

輝說著，鄭敏洙的履歷出現在畫面上。海未一看見照片就想起來了，點了點頭。

「是的，我認識他。在避難所時，他在我隔壁的帳棚住了一個月左右。」

敏洙因為事故失去了父親。海未當時並不知情，就在她和多未被軍人推上列車時，敏洙的父親將他推到了兩姊妹身邊，一塊上了列車。然而，由於空間不足，敏洙的父親被留在車站，未能逃生。

敏洙比海未小五歲，海未同情失去父母，獨自一人的他，像對待親弟弟般照顧他。一段時間後，敏洙的親戚找到了他，帶他離開了避難所，兩人從此斷了聯絡，只有偶爾會在受害者聚會上互相問候。

她對敏洙此後的境遇一無所知。

「他是來監視我們的嗎？」

「希望妳們把他想成是幫手。當然，如果要想成監視者也無妨。不用太擔心，只要潛水機一安裝好，敏洙就會離開釜山，到時候只會留下妳們兩位。」

輝在兩姊妹面前各放了一本印刷手冊。

「這是安全守則手冊，寫了時空旅行的基本原理與時空潛水任務相關資訊。請在今天內全部記下來。離開大樓時必須歸還。」

輝一離開，多未立刻翻開手冊，但不到一分鐘就闔上了。

「都是些無關緊要的東西，沒重點。」

海未也鼓起勇氣翻開了手冊。複雜的數學方程式與科學術語，她一頁都看不下去，唯一能明白的只有最後一頁的十幾條守則。守則一、不能與過去的自己相遇；守則二、不能穿和過去一樣的衣服；守則三、要保留三十秒以上的間隔；守則四……。讀到最後，海未感到很鬱悶。在頁面的最下方用粗大的紅色字體醒目地寫著：

※違反上述守則，可能導致植入物被啟動

＊＊＊

隔天，海未走進會議室，看見頭戴式VR耳機。那是能重現事故現場的最新型號，耳機旁邊則放了一張小紙條。

——請放心，這是真正的VR。

不好笑的笑話讓海未苦笑了一下。她拿起了耳機。

多未替海未準備了模擬訓練劇本。是個簡單的任務。海未要按照多未指定的路線移動後返回現在。起初，海未輕鬆地完成指示，但隨著潛水次數的增加，就連單純的移動都變得困難，她必須記住上次潛水時的所有動線，避開那些路線移動。因為如果她和過去的自己相遇就會立刻發生悖論。在第五次的潛水中，她要避開前四次的自己；在第十次的潛水中，她要避開前九次的自己，而且還要避免遇上2025年的少女海未。

「悖論究竟是什麼？」

連續的失敗令海未疲憊，她揉著額頭問了多未。多未一臉無奈。

「姊姊，我說真的，妳真是了不起，到現在還沒搞懂時空旅行嗎？」

「不是每個人都像妳一樣聰明好嗎？」

多未嘆了口氣，開始解釋。

「悖論是時空連續體發生的一種錯誤，是邏輯上不可能發生的事件。比方說，姊姊回到過去槍殺了自己，或是阻止媽媽出生等。這種情況會導致因果關係發生矛盾。因為如果過去發生那種事就不存在現在的姊姊。這類錯誤會造成時間與空間方面的問題，必須立刻修正。」

「誰修正？」

「我不清楚。不知道是時間管理廳負責的，還是有更高層的人會涉入，又或者自然法則會自然達到平衡。」

「當發生悖論時，我會怎樣？」

「如果是小錯誤，應該會以物理性衝擊收尾；如果不是的話，個體就會彷彿一開始便不存在，徹底崩潰、消亡。就連我也會忘記姊姊的存在。」

多未回答得很平靜，眼神卻令人不寒而慄。海未吞了口水，重新開始訓練。儘管她盡力留意不犯錯卻不容易，只要一不小心和過去的自己路線重疊，悖論就會發生。海未日復一日面對著數百次的「遊戲結束」畫面，不斷地重來、再重來。經過無數次的訓練後，她逐步掌握了生存所需的技巧：按順序記住過去自己的方法、用目光最快速掃視四周的方法；只凝視著腳尖行走的方法；遮住眼睛與捂住耳朵，僅憑記憶移動的方法……最關鍵的是，在正確的時間到達正確的地點。因為就算僅差〇・一秒也足以致命。

「不要想得太複雜。姊姊只需要想著兩件事：在十分鐘內回來，還有絕對不能遇見過去的自己。其他的，我會處理。」

多未的手指快速舞動著，不時敲打桌子，似乎在腦中已經有了新的策略。多未並未將計畫的細節透露給海未。因為要是潛水員提前知道細節，便可能不經意地意識到眼前遇到的人就是未來的自己，因而引發悖論。這正是為何委員會堅持兩人一組。海未必須全然地信任妹妹，將生命託付於她。

「姊姊就是我的遊戲角色，只要按我的指示行動，不能發生任何錯誤。」

海未點了點頭，重新戴上耳機。

***

「最高紀錄六十七次，平均四十二次，這樣的成績已經足夠應對實戰了。」

輝在平板電腦瀏覽著VR訓練紀錄說道。距離他與海未上次見面，又過去了兩週。

「明天要出發去釜山了，有什麼問題嗎？」

多未似乎等了很久，迫不及待地舉手。

「要是過去改變了會怎樣？會像時間軸分裂那樣導致平行宇宙的誕生嗎？」

輝不假思索地否定了多未的想法。

「不會發生那種事。在時空旅行的過程中，各種可能性會相互重疊，最終世界會如哥本哈根詮釋收斂成一個結果。」

「如果這些可能性無法合而為一呢？」

「這是個有趣的假設，不過實際上從未發生過這種情況。當潛水員完成時空旅行時，世界只會剩下一個既定結果。」

「這一點是怎麼被證明的?」

「當潛水員回到現在，他們經常會觀察到世界被重寫的現象。有經驗者表示，他們感覺時間與空間被顛覆了。」

海未也舉手提問。

「如果成功改變了過去，我們會變成什麼樣子?假設媽媽復活了，那麼在那個改變後的過去裡，我和多未會在完全不同的地方過著完全不同的生活，也許不會生活在韓國?當我們結束時空旅行返回現在，過去的我們會怎樣?」

「兩個版本的妳們將會同時存在。本來原本的個體應該會消失，但由於妳們現在受到潛水機周圍形成的保護泡沫保護，所以妳們不會消失，會被保存下來。」

兩姊妹對視一眼。輝彷彿明白她們的疑慮，又補充道：

「假如妳們遇到另一個自己就會引發悖論。這就像二重身一樣。或許與時空旅行相關的民間傳說就是由此而來的。」

「那我們該怎麼辦?」

「妳們必須做出選擇。」

賢插口道。

「殺死另一個自己取代她，或是以新身分開始新生活。委員會會根據妳們的意願來處理。」

「處理?」

海未疑惑，脫口問道。她再次意識到自己面對的是什麼樣的組織，說不定和情報組織打交道還好一點。

「這代表妳們不需要弄髒自己的手。」

「你能保證我們不會被一起處理嗎？」

賢用另一個問題回答了她的問題。

「不能。但妳們也只能相信我們會這麼做，不是嗎？」

這句話沒錯。

10

2045——海雲臺

「兩位姐姐，妳們去釜山要做什麼？」在開往釜山的貨車上，敏洙問。

「我們要去測量污染度。我們會在封鎖區停留一週，測量那裡的殘留放射性。」

「哇，真的嗎？海未姐看起來不像會做這種工作的人。」

「這項工作主要是多未負責的，她大學主修物理。我只是沾妹妹的光。不過，你從哪裡學來開口閉口喊姐的？像個小大人似的。」

「我被養大我的叔叔影響的啦，海未姐。」

敏洙調整了一下棒球帽，笑嘻嘻說。自從失去父親，他在不同親戚家中輾轉寄居，那個叔叔顯然也是其中之一。看到他比預期的還要更開朗，海未一方面鬆了口氣，一方面卻也更擔心。因為愈是愛笑的人，往往愈容易被攻擊與受傷。

「不過海未姐……」

「喂，開車專心看前面。」

坐在後座的多未插嘴。敏洙立刻側頭反駁。

「這是自動駕駛模式啦。」

「你不知道坐在駕駛座上的人有義務注意前方嗎？」

「吼呦，多未姐，最近誰還遵守那種規定啦？現代車子的駕駛技術比人還好。」

「喂，小聲點。吵死了。」

「因為多未姐很冷淡，所以我才這麼說。」

敏洙又側頭看了看坐在副駕駛座的海未，並用拇指比了比後面。

「後面那個機器是什麼？」

「沒什麼，只是用來測量放射性的機器。」

「那個測量機器也太酷了吧？電線還特別多。」

敏洙本來話就這麼多嗎？他不停地向兩姊妹搭話，海未原本還以為他會是一個冷漠的監視者，一想到這裡，海未緊張的心情瞬間放鬆了。

「唉呦，兩位姐姐戒心好重，不用瞞著我啦。我也在災後重建委員會工作，大概知道妳們在做什麼。」

海未無法確定敏洙的話有幾分真，也不想冒險。一想到自己大腦中的植入物，她決定繼續裝傻。

「我們沒有什麼好隱瞞的，是真的。」

「好好好，隨妳們。」

從首爾出發已經過去了兩小時，他們很快看見了寫有「釜山」的路牌。路邊每隔五百公尺就放有放射性污染的警告標誌。隨著那些警告標誌愈來愈大，警告訊息也愈發嚴重，車內的三人不禁變得沉默。

＊＊＊

從那天之後，釜山成了一片荒涼之地。

政府耗費了龐大的財力收拾那場災難。但這筆開銷對於因2020年的感染事件陷入經濟困境的國家來說，無疑是雪上加霜。由於當時的經濟不景氣，恢復釜山曾經的繁華與活力成了遙不可及的夢想，政府最終打消了復原的念頭，將事故地點核心半徑三十公里內設為封鎖區，僅設置了一道長長的鐵絲網，北起機張至老圃，西起華明、西面和廣安里，二十年來棄之不顧。這片被遺棄的土地，幾乎占據了釜山市半數面積，不過相較於整個行政區都遭到污染的蔚山與梁山，釜山算是好的了。

人們紛紛遷離釜山，釜山成為一片無人之境。

當貨車駛經馬山，通過南海高速公路進入釜山時，只見金海機場旁的洛東江靜靜流淌，橫跨江流的大橋彷彿是通往陰間的邊境。在這個無人管理、荒蕪的空蕩道路上，只有他們的卡車獨自前行，四周寂靜得可怕。

在進入封鎖區之前，兩姊妹先前往追悼公園。這是她們第一次一起來。海未想和其他人那樣用酒與水果祭拜，但多未卻反對。

「那樣做不吉利，等我們回來再說。如果我們成功了，也許媽媽的墓碑就消失了。」

「好吧，就這麼辦。」

兩姊妹靜靜凝視著媽媽的墓碑。現在這樣就足夠了。

在追悼公園附近設有一個哨崗，當敏洙在那裡接受出入許可證的檢查時，海未獨自沿著那面掛滿了珊瑚色尼龍彩帶的鐵絲網散步。這些絲帶是許多來訪事故現場的義工與訪客綁上的。

海未伸手輕觸了一條彩帶，那正是二十年前她親手繫上的，然而，多年來的風吹雨打早已使上面的字跡變得模糊不清。她模糊地記得當時寫下希望媽媽安息之類的話，但具體字句已然遺忘。

海未輕輕解開絲帶，任由它隨風飄去。

「海未姐！現在可以走了，過來吧！」

遠處敏洙的呼喊聲將海未從回憶中喚醒，她回到了貨車上。

一坐上車，敏洙就遞來碘片。這是為了防止放射性物質積累在甲狀腺裡的藥物。三人各自吞了一片後，敏洙再次發動車輛。

貨車開過哨崗進入封鎖區內，「禁止自動駕駛區」的標誌立刻出現在前方。敏洙一邊輕鬆地閒聊，一邊抓住排檔桿，切換到手動駕駛模式，親自控制車輛。

「兩位姐姐，還記得嗎？海未姐那時在體育館替我準備了美味的麵包和冰淇淋。我的帳棚就在妳們的帳棚隔壁，所以經常去找妳們玩，有時候還不小心睡在妳們那裡，記得吧？」

「拜託你，現在是懷舊的時候嗎？」

多未不高興地打斷他。

「不行嗎?因為那裡的每個人都有同樣的境遇,那時是我唯一能笑的時光,到了外面……姐姐們不是也一樣嗎?」

「是啊,確實是那樣沒錯。」

海未簡短地回答。

「但我不怎麼想聊那時的事。」

氣氛變得沉重。敏洙拚命想緩和氣氛。

「總之,能再見到妳們真好。兩位姐姐,我們以後經常見面吧。」

「好,只要這次任務順利結束,就那麼說定了。」

海未努力保持面無表情,多未也緊閉雙唇。

「吼,兩位姐姐的表情怎麼這樣?像是去赴死一樣。」

「可能是因為二十年來第一次回到那裡吧。」

***

途中又遭遇了兩次嚴格的盤查,多虧了雙胞胎的周密安排,他們得以順利通過。三人乘坐的貨車很快抵達那個被遺棄的事故現場。那裡的一切仍舊停留在二十年前那一天。

由於貨車無法直接開進他們的目的地——水產市場內部,三人只得親自搬運行李。敏洙忙著在大本營搭建軍用帳棚,海未則穿上了動力服,負責搬運那些巨大的零件。在多未的指揮下,她小心翼翼地將機器安置到帳棚內，連接好所有電線。時空潛水機的指示燈很快地轉為綠色。

「這就是那個放射能測量機器吧？」

敏洙邊用手背擦拭汗水，邊好奇地問道。

「什麼？噢……對。」

海未含糊答道。

「M……D……M？這是什麼意思？」

敏洙好奇地撫摸了潛水機上的金屬板，那裡刻有手寫字跡M.D.M.，看起來像是用釘子或錘子粗糙刻上去的。敏洙見海未沒有回答便轉向多未。

「多未姐？」

「我不知道啦。可能是多工……偵測機（Multi detecting machine）的縮寫吧。」

「明明自己也不知道，幹嘛發脾氣。」

敏洙嘟噥著，走到帳棚去搬運下一件行李。

「……為什麼不是T.D.M.呢？」

多未低頭看著金屬板，喃喃自語，聲音低得連身旁的海未也幾乎聽不見。

***

「那麼兩位姐姐，一週後見。」

敏洙告別後離去，只留下海未與多未。兩人取出了綠色的放射能測量貼片，貼在腿上。貼片很快就變成黃色，這代表周圍環境仍殘留輻射。如果貼片顏色從橘色轉為紅色，意味著超出了年均可暴露輻射量，她們必須立刻撤退，要是她們無視警告，持續停留直到貼片變黑，就可能會產生永久性後遺症。

兩姊妹用平板電腦整理出一份清單，並仔細核對了裝備。一週的水和食物、行軍床、毯子、摺疊椅、桌子、緊急藥物、能夠繪製現場地圖的全像投影機、時空潛水服、腰帶，以及裝有一百件衣服與飾品的一只箱子。此外，還有運動鞋、皮鞋、智慧型手機、其他3C用品和各式各樣的雜物。

還有，一把消音手槍。

在訓練的最後一天，雙胞胎遞給海未一把手槍，但對於海未為何需要武器的提問，他們並未直接回答，只說是以防萬一。對於帶武器前往過去的必要性，海未心存疑慮。她瞞著多未將手槍藏在箱子的底部，並在上面放上緊急食糧遮掩。

多未從包裡拿出了兩罐啤酒，真不知道她是怎麼將它們帶過來的。

「沒關係啦，這是無酒精的。」

她輕輕擺手，好像已經預料到海未要說的話。

「我只是想和姊姊喝一杯。」

海未接過多未遞來的啤酒罐，啪的一聲打開了。兩人輕輕碰了一下啤酒罐，各自喝了一口。

一直到啤酒罐快見底，海未還是不知該說些什麼，怎麼說。兩人面對面而坐，沉默瀰漫，只有啜飲啤酒的聲音。最終，是多未打破了這片寂靜。

「姊姊。」

「嗯。」

「姊姊，那個。」

「嗯？」

「妳為什麼去當潛水員？」

「因為在水下，腦海會變得一片空白，海底非常安靜，只能聽到自己的呼吸聲，那裡無暇擔心世俗的煩惱，我所關注的只有位置、時間、水深、浮力、心率、氮氣、氧氣……這些分分秒秒變化的資訊是我唯一的焦點。在那裡，我只專注於生存和返回陸地。不過一旦離開海底，我又會渴望回去。」

「真像。」

多未邊把啤酒罐拿到嘴邊，邊說。

「我每次出門也有同樣的感覺。坐在輪椅上，外面的一切都變成威脅，一個不小心輪子翻了，我就完蛋了；跌倒了，我也完蛋了。一大堆麻煩事。經歷過幾次之後，我開始想：啊，這個世界本來就一團糟，也許媽媽的死不是我的錯。」

「本來就不是妳的錯。」

「發什麼神經。姊姊妳其實也認為是我的錯吧。」

多未一口氣喝光了剩下的啤酒，將空罐子捏成一團，就像一顆皺巴巴的球，然後茫然地看著它，隨手扔到地上。空罐在地面滾動，碰觸到了海未的腳尖。

多未緩緩開口。

「我以前很羨慕姊姊，因為媽媽只喜歡姊姊。」

「妳在說什麼?媽媽更喜歡妳,妳不記得媽媽為了讓妳上明星學校吃了多少苦嗎?」

「姊姊是真的不知道還是假裝不知道?」

「什麼?」

「姊姊,妳知道嗎?每次妳這樣的時候真的很討厭。」

「夠了妳。」

「怎樣?別裝作受害者了。這一切都是因為姊姊。如果妳當初沒有跑去自由奔跑就不會發生這種事,如果妳沒有堅持要回旅館就不會發生這種事,如果妳沒和媽媽吵架就不會發生這種事。妳、妳……」

多未閉上了嘴,自己究竟在說什麼?她努力隱藏自己的真實情感,海未則注視著她微微顫動的眼眸與那些努力隱藏的淚水。海未想說些什麼卻發不出聲音。

這樣的情景一直重演。

如果問起海未對妹妹的感情是愛還是恨,她會說她愛她的妹妹。她們從小就非常親密,然而,那份往日的情感早已褪色,沉沒在她心底深處。一種難以定義的複雜情緒宛如腐爛的土堆般堆疊在她們的過往感情之上。要重新接納對方,需要解開心中的許多結。無論是她,還是妹妹。

老實說,海未曾期待這次的事或許能喚起她們的過往情感,但這些期待不過是虛幻。才感覺彼此之間開始坦誠相對,很快地又回到了用尖銳言語相互傷害的老路上。過去的愛有多深,現在的恨就有多深。

「……我先睡了。」

多未單方面結束了對話,海未一言不發地將妹妹抱到行軍床上。她記不得上一次這樣抱妹妹是什麼時候了。多未將睡袋拉到了自己的額頭。

「姊姊。」

從睡袋裡傳來了聲音。

「……我們一定要成功。」

「是啊，我們一定要成功。」

她撫摸著從睡袋中露出的多未的髮絲。

***

第二天一早，兩姊妹開始準備第一次的時空旅行。

她們沒吃早餐。因為海未很清楚時空旅行會帶來的後遺症，她的心思全放在快速回到過去上。在多未最後一次檢查機器的時候，海未穿上了時空潛水服，並往腰帶裡填充了保護泡沫。她還在潛水服外面套上多未挑選的黑色夏季套裝，外加戴上整齊綁好的假髮與墨鏡。她的腳尖被尖頭皮鞋擠壓得隱隱發疼。

她將所有隨身攜帶的物品放在桌上，包括智慧通訊棒和耳塞。因為她不能攜帶任何２０２５年還沒出現的物品，她戴上了智慧型手錶與除噪無線耳機，智慧型手機則被放入口袋中。

接著，海未走到被放置在帳棚中央的潛水機前，一階一階往上爬。她站在最高的跳板上望向多未。多未舉起能啟動時空旅行的槍形瞄準器，對準了海未。

「準備好了嗎？」

「好了。」

「那我們開始吧。」

海未向多未點頭示意。

「好，我去去就回。」

多未扣下了瞄準器的扳機。海未腳下的圓柱體開始高速旋轉，隨著一聲巨響，跳板開啟，她向下墜落。朝著過去無盡墜落。

她的第一次時空潛水開始。

去拯救
妳的時間

11
2045——海雲臺

海未返回了未來，安全著陸在潛水機上。

她一抵達就迅速地環顧四周，注意到沾滿黃色泥巴的軍用帳棚和她出發前的樣子沒有絲毫差異，牆上全像投影時鐘顯示的日期也正確。她確認自己回到了正確的時間與地點後，才用有些潮濕的手關掉了腰帶的電源。

量子型態的腰帶與潛水機相連，它會像浮標一樣將潛水員拉回原點。然而，這個肉眼不可見的腰帶隨時都有可能因不明原因而斷裂。一旦腰帶斷了，潛水員將無法浮起，只能永恆漂流於不被允許的時空裡。海未緩慢地走下階梯。對這次能平安歸來感到由衷的感激。

多未移動著輪椅來到她的身邊。

「怎樣？」

「我看到媽媽走進三岔路口的廣場，過去的我也差不多在那時候經過那附近。」
「她們的動線重疊了？」
「不，沒那麼靠近。我沿著大馬路走在媽媽對面的人行道上，路上有很多障礙物，媽媽和我沒看到彼此。所以我故意撞上媽媽，讓她的手機掉下去……」
「妳說妳做了什麼？」
多未不耐煩地問，海未沉穩地說明了當時的情況。媽媽的手機掉落後滾向對面人行道，靠近了少女海未。兩人的動線確實差點重疊。不，是即將重疊。但那一刻卻有人踢開了手機。海未愈解釋，多未的眼神就愈加冰冷。
「姊姊，我們不是說好這次只是去確認移動路線嗎？」
「因為是個難得的機會。她們的移動方向也很理想。」
多未瞪著海未，海未轉開頭，避開她銳利的眼神。
「我覺得這次我能成功。」
「那妳進入廣場了嗎？」
海未的聲音愈來愈小。
「妳有沒有進去？」
「……」
「……嗯。」
「真是的！」
多未粗魯地揉皺手上的紙。

「妳知道自己做了什麼嗎？因為姊姊的貿然行動，我們足足失去了十三條進入路線。那是我們這次潛水前可行路線的一半。我已經說過多少次，按順序進行很重要！因為妳，我準備十小時的計畫全部泡湯了。妳到底在想什麼？妳說啊？」

已經是第二十次潛水。隨著失敗次數的增加，多未變得愈來愈敏感，海未沒有回嘴，只是安靜聽著。多未用冷冽的目光瞪著她。沉默在空氣中持續蔓延，直到海未再也受不了這令人窒息的氛圍才開口道歉。

「對不起，是我太心急了。」

多未嘆了口氣。

「算了，脫掉衣服吧。」

海未脫下了外套，再逐一脫下裡面的T恤和牛仔褲，交給多未。

「鞋子和帽子。」

剩下的衣物全都脫光後，海未身上只剩下一件薄薄的潛水服。多未默默摺好衣服放在膝蓋上，再把一根與潛水機相連的金屬管接到海未的腰帶上。潛水服的殘壓計緩慢上升，顯示出正在填充保護泡沫。

「事故現場的情況怎樣？」

多未看著地上的全像投影地圖問。

「道路狀況和物體位置幾乎和地圖完全一致。只有幾棟大樓的高度有些許落差。」

海未一邊回答，一邊用兩指一一夾住全像圖中的大樓，調整高度，再用手在圖上畫出紅線與平面。這些標誌象徵她剛才的潛水路線以及她視線範圍所及的區域。因為有產生悖論的風險，這些區域現在都不能用了。

海未更新了全像圖，三維地圖上顯示出人群的輪廓。這是根據現場的影片紀錄模擬出來的，即時標示出所有逃離海雲臺的人的位置。其中有兩個海未最關注的編號：416號，還有629號，分別是年輕的她與媽媽的動線。

不久後，一條紅色警戒線將從東邊靠近。它被稱為「生存界線（Survival limit line）」，是將特定時間與地點的生存率視覺化的線，其所經過的空間將被染紅，如波濤般湧向人群，超出此界線的人將被吞噬，逃出海雲臺的機率微乎其微。

海未的視線跟隨著媽媽的動線移動。媽媽與女兒在廣場擦肩而過，走向了更深處，最終越過了生存界線。隨著時間的流逝，媽媽的腳步愈來愈慢，而最後……海未緊緊地閉上雙眼。

「這次果然又失敗了。」

多未無感情地說著。

多未從箱子拿出一套新衣服遞給海未。是二十一世紀初期流行的體育名牌運動服。潛水員不能穿著同樣的衣服在同一地點進行潛水。海未厭倦了這些強迫性的規則，但多未堅持遵守，抱怨著如果姊姊死了，誰去救媽媽。

「我再說一次，拜託妳冷靜一點，按計畫行事。姊姊妳也很清楚吧。只要出一次錯，一切就完了，會引發悖論。」

「我知道。」

海未站在鏡前拉起了運動服的拉鍊。她卸掉濃厚的煙燻妝，換上一頂黑色棒球帽。整個人的模樣和之前判若兩人。

多未遞來一雙新運動鞋，說道：

「如果我們讓媽媽掉落的手機留在原地，媽媽會遇見妳嗎？」

「應該會。」

多未思索片刻後制定了新的策略。她在全像圖上繪製出一條藍色的動線。這條動線將從西邊巷弄繞一大圈，進入三岔路口的廣場。

「我們試著阻止那個『足球選手』吧。讓那個人不要亂踢別人的手機。」

「好。」

海未點了點頭，再次走上了潛水機。這次是彌補先前失誤的機會。

多未拿起瞄準器——能啟動時空旅行的裝置，對準了海未。雙胞胎提供的裝備雖然老舊卻非常耐用。介面簡潔明瞭，任何人都能輕鬆操作。這是否意味著時空旅行已經很常見了？究竟是誰，又是何時發明出這種技術呢？雙胞胎是否還有其他未透露的祕密？

多未扣下扳機。海未腳下的圓柱體開始急速旋轉，她再一次向下墜落。朝著過去無盡墜落。

12

並非隨時隨地

潛水員之所以能墜落於逆流的時間之中，是因為圍繞著他們的保護泡沫。這些保護泡沫能如同水珠一樣，包圍存在於四維空間的人類，並使其輕盈地浮升到五維空間。被短暫推出時空束縛之外的潛水員，將沿著由提普勒柱體[10]的框架引力所生成的封閉類時曲線……。

得了吧。反正多未會明白正確的原理。

這種複雜的科學理論不是海未關心的重點。對她而言，她只須明白保護泡沫在時間移動的過程會保護她不受任何衝擊，順利進行時空旅行。她討厭複雜的科學理論，她所熟悉的不是頭腦的知識，而是身體的記憶——反覆的訓練與正確的姿勢。

海未看了看手腕上的智慧型手錶，發現秒針已經停止運轉。她墜落到過去不過是一眨眼，卻不知為何像是永恆般漫長，就像有人把她的時間像橡皮筋一樣拉長。這使她決定重新審視每次的潛水經歷。

雙胞胎設定了嚴格的時空旅行限制：不得被他人發現時空旅行的存在；不得引起改變歷史的重大變化。海未每一次回到過去，都只能進行微調，每次都只能讓媽媽移動一點點，透過一次次的積累，將媽媽帶回生存界線內。而這至少需要數十次的潛水。

這也是為何多未的計畫不得不變得愈來愈複雜。

「委員會允許我們回到過去的時間點為，事故發生前的十分鐘到發生後的三十分鐘，也就是D－10到D＋30。事故發生的前後五分鐘對我們來說毫無意義，剩下的時間我以十分鐘為單位，制定了三階段策略。即使第一階段失敗，我們還有備案。」

在第一次潛水之前，多未說明了時空旅行策略。

「前十分鐘是第一階段，目標有兩個：一是讓媽媽回到地鐵站，二是如果失敗了，至少要阻止媽媽走遠。」

海未和多未最大的困惑是，媽媽從地鐵站一路走向海水浴場。媽媽為什麼要去海邊？媽媽沒有走捷徑回旅館，而是繞了遠路。因為媽媽的動線改變導致了母女之間擦肩而過。她們分析了所有現場的監視器影片，卻始終沒找到答案。

「在第一次的潛水中，我們必須弄清楚媽媽為什麼走向海邊。妳要躲在安全的地方暗中觀察媽媽的行動。」

海未按照計畫，一到事故現場就直奔西大路。她在地鐵站一路延伸到海邊的大路邊，找了個

10 Tipler cylinder。是一種假設的無限長旋轉圓柱體。

角落坐下，靜待媽媽出現。

雖然人流不斷，但她很快就從人群中辨認出媽媽的背影——多虧了媽媽頭上那顯眼的蝴蝶結髮夾。那也正是多未此刻戴在頭上的。海未保持著適當的距離尾隨媽媽，很快就知道媽媽前往海邊的原因。

我什麼時候在這裡貼這個了？

她心想。海未驚訝地發現，前往海邊的一路上都貼著印有「貓翼CATWING」字樣的紫色貼紙。「貓翼」是海未參加自由奔跑的時候所使用的網路暱稱，她習慣在每個曾經到訪過的城市留下像這樣的痕跡。

像是不斷跳躍的貓一樣，紫色貼紙斷斷續續地像在引導般，將媽媽的步伐引向了海邊。她懷揣著找到女兒的期待，一路追尋這些痕跡。

在完成第一次潛水後，海未與多未開始討論下一步的對策。在短時間內移除所有貼紙似乎是不可能的任務。海未也考慮過用噴漆覆蓋那些貼紙的圖樣，但它們依然十分醒目。多未思索片刻後拿出自己準備好的道具——一個可攜式的藍牙喇叭。

多未利用了海未二十年前還在當直播主時的影片，從影片當中擷取出少女海未的聲音存入藍牙喇叭。

海未第二次潛水時帶了那個存有自己聲音的藍牙喇叭。跟蹤媽媽的第一個海未一返回，她就立刻拿出智慧型手機，透過藍牙喇叭播放那段錄音。

「媽媽！」

媽媽驚訝地回頭。緊接著，聲音再次響起。

「媽媽！這裡！我在這裡！」

媽媽吃驚地不停四處張望。海未知道時間已經相當足夠，於是她轉動腰帶上的旋鈕，返回了現在。

到達現在的海未再次潛入過去。當媽媽聽到藍牙喇叭音檔並轉身尋找時，海未用最快的速度跑向海邊，以新的貼紙覆蓋那些紫色貼紙。當媽媽再次轉身，想要繼續向海邊前進，通往海邊的路上已經看不見那些引導她的紫色貼紙。媽媽找了一陣子，最終放棄，轉身往回走，而海未則帶著藍牙喇叭回到了現在。

海未一回到現在，姊妹倆立刻連上委員會伺服器，更新了全像圖。地圖上顯示媽媽的動線明顯改變了。就連監視器的原始影片也證實了這一點。她們成功了。確認過去是可以被改變後，兩人開心地擊掌慶祝。

原先走向海邊的媽媽轉身往回走，但她並沒有直接前往地鐵站，而是選擇了從附近的巷子朝東邊移動。

多未有了信心，果斷地說明新的策略。海未在第四次潛水時用黃色路障堵住了巷子入口，觀察媽媽的反應。她看見媽媽避開了被封鎖的巷子，走向上方後，就迅速將路障恢復原位，再返回現在。

第五次和第六次的潛水都重複了類似的操作，海未一步步堵住了通往東邊的五條路徑。媽媽逐漸被迫往北移動，最終回到了唯一能逃生的地方，即地鐵站附近。

一直到這裡都很順利。

然而，媽媽顯然不願輕易放棄。當意識到所有的路都被堵住時，媽媽不理會海未暗中發出的警告，推倒了路障，堅定地朝東邊前進，最終越過了生存界線。

在下一次的潛水中，海未換上了警察制服，她吹著哨子，揮舞著警棍，擋在奔跑的媽媽面前，想逼媽媽折返，但媽媽不予理會，走過她身旁。海未無法動用武力留下媽媽。媽媽這一次還是走向了東邊。

下次、下下次、下下下次，反覆好幾次的嘗試都沒能改變結果，而且可行路線愈來愈少。引發悖論的風險隨著潛水次數增加而日益增大。每次潛水前，兩姊妹都會開幾小時的會，反覆推敲最佳方案。但結果總是一樣。

沒關係。重來就好。

每當任務失敗，海未就像唸咒般重複這句話。重來。再重來。儘管她已經回到過去十七次，但似乎沒什麼成效。這十幾次的干預將媽媽的死亡地點明顯轉移到了地鐵站附近，但媽媽仍處於生存界線之外。

這種方式只能稍微拖延媽媽的行動。媽媽為了救女兒，鐵了心地往前走。每當海未設法擋住她的路，媽媽就會找出新路徑繞過，她再擋，媽媽再繞。

兩姊妹不得不承認失敗，並接受了事實——除非讓媽媽見到女兒，否則她絕對不會往回走。多未心中雖然感到苦澀，但還是自我安慰：至少已經成功地拖住了媽媽的腳步，第一階段任務也能算是成功了。

她們不得不轉向下一階段的策略。第一階段任務的目標是讓媽媽停留在地鐵站附近，第二階段的目標則是更積極介入，幫助母女相遇。

多未將第二階段任務的地點定在了老飯店前的三岔路口。因為那裡在事故發生當下，是相對較不混亂的區域，能增加母女相遇的機率。

然而，將行動範圍移往三岔路口意味著悖論發生的機率增加。因為那裡有少女海未。如果海未進入三岔路口，不慎遇見了過去的自己，那麼所有的努力會立即化為泡影。因此從現在起，每一步都要格外謹慎。為避免動線重疊，她們花了十多個小時研究全像圖，一再審視每一條可能的路線。時間縱然寶貴卻總比貿然行事搞砸一切得好。

海未按照計畫，開始了第十九次潛水。她偽裝成軍人，成功地將媽媽引往三岔路口。唯有此刻讓母女重逢，才能將媽媽引導至地鐵站。

就在剛才的第二十次潛水中，海未確認媽媽正進入三岔路口的廣場。媽媽在對面的人行道上奔跑著，但混亂的人群讓她們幾乎不可能相遇。這樣下去，兩人一定會錯過彼此。一股深深的遺憾湧上心頭，彷彿時間靜止般，一切都變得無比緩慢。

海未不知為何突然覺得，好像能救回媽媽。

只需要稍微的介入。海未無法解釋這種感覺由何而生，但就是有這種感覺。

因此，她犯了一個愚蠢的錯誤。海未看見媽媽焦急的神情，最終放棄了原本精心策劃的計畫，做出了衝動的選擇。她告訴自己千萬要謹慎行事，但在這一刻，她仍舊無法抗拒情感的驅使，脫離了原定計畫。

海未故意讓媽媽的手機掉落，吸引她看向女兒的方向，並且操控媽媽的路線，讓她穿越馬路。儘管海未知道這麼做會冒上與媽媽面對面的巨大風險，但結果還是失敗了。一次偶然的巧合，有人踢走了那支手機，導致母女兩人走往相反的方向。冥冥之中彷彿早已注定。彷彿世界正在阻止她改變歷史。

不過是干涉了一次。不要想太多，重來就好。

海未在心中告訴自己，用力地甩了甩頭，試圖擺脫那股不祥的預感。二十年前的過去正在慢慢靠近她。漫長的墜落結束後，海未再次來到了過去。

她的第二十一次時空潛水開始。

13

2025——海雲臺

#守則2　潛水員在相同的地點潛水時，不能穿和之前一樣的衣服。
#守則3　與先前的潛水抵達時間至少有三十秒以上的間隔。

海未再次抵達過去。

對潛水員來說，遵守安全守則是鐵律，她到達的時間是之前潛水開始時間的三十秒後。

雙胞胎給的手冊中提供了各種技巧，幫助潛水員記住不同次的時空旅行中的自己。其中最有用的方法是替每次潛水的自己編號。一號海未、二號海未、三號海未，以及少女海未。每當進行新一次的潛水，她就會用這種方式替過去的自己編號。

第二階段任務開始，兩姊妹重新編號。因為行動範圍從西大路轉移到老飯店前的三岔路口。

這是經過無數次的VR訓練與失敗獲得的寶貴經驗。海未知道，即使她能夠記住每個版本的自己，也無法同時記住數十個不同的自己，如果不按階段劃分區域，將需要留意的數量減至最低，就無法成功控制數十次以上的潛水任務。

按照這種分類方式，剛才潛水的海未是一號海未，而現在正在潛水的則是二號海未。

「這到底是怎麼回事？」

「那邊的核電站爆炸了！電視裡都在叫我們撤離。」

「唉呦，瘋了！瘋了！是要我們怎麼辦？」

「你還愣著幹嘛？趕緊收拾行李。趁路還沒封鎖前出去，不然就死定了！」

這次也重複著熟悉的對話。海未提前從口袋中拿出手機，一收到緊急災難簡訊就立刻按掉，切斷了刺耳的簡訊警報聲。簡訊的內容也一樣。

【國家安全處】古里1號燃料廠房發生火災，放射性物質洩漏半徑為三十公里，請立即躲避。

查看簡訊接收時間後，海未戴著耳機緩緩地向西邊走。不久，她的右手邊出現了能通往三岔路口廣場的小巷。她注意到一號海未正走在小巷裡的背影，她沒有轉彎，而是選擇了另一條小巷。穿過狹窄曲折的小巷，海未很快發現自己已經來到老飯店前的三岔路口西側。她隱藏在KTV招牌後方留心觀察行人。沒過多久，她看到媽媽從自己面前經過，緊接著又看到了一個穿著帽T的女性。就是之前踢走手機的那個人。海未小心翼翼地跟在帽T女後面。

海未留意到一號海未與媽媽相撞，導致媽媽的手機掉落後，一號海未迅速轉身走向折返點，她馬上快步靠近帽T女。

媽媽彎腰去撿手機的同時，帽T女也朝著手機方向走去。海未輕輕拉了一下帽T女的帽子，足以讓她失去平衡卻不至於跌倒。帽T女的步伐稍微改變了方向，腳驚險地擦過手機。手機依然留在原地。

被嚇到的帽T女回頭查看，海未熟練地避開她的視線，迅速閃身到附近一輛汽車的後方。然而，就在那一刻——

「啊！」

從背後傳來了媽媽的驚呼聲。海未回頭一看，媽媽跌倒在地。

天藍色洋裝蔓延著鮮紅的血跡。媽媽抱著受傷的膝蓋發出壓抑的呻吟聲。這時，少女海未從遠處的人行道快步走過，離開了廣場。一輛被車主丟棄的汽車擋住了母女之間的視線，使得兩人沒能看見對方。過了一會兒，媽媽掙扎著站起來，撿起手機，又著急地跑了起來。方向與少女海未相反。

沒關係。重來就好。

海未看著一號海未返回後，她走到同一地點，轉動了腰帶旋鈕。

14

2045——海雲臺

「媽媽跌倒了？」

多未問。

「嗯，過去的我在那時候也消失了。」

「即便阻止那個人踢掉手機，也改變不了什麼啊。」

多未深深嘆了口氣，低頭俯視著全像圖。

「媽媽為什麼會跌倒呢？」

「不太清楚。或許是因為鞋子吧？媽媽穿的那雙厚底涼鞋，要我來穿，連十公尺都走不了。」

「附近沒有奇怪的地方嗎？」

「奇怪的地方？」

海未沉思了一會兒。她記得自己當時一直在注意手機，媽媽跌倒的時候，她正好轉身，所以一點都想不起媽媽腳下的情況。

「我去看看。」

海未掀開帳棚走出去。眼前是她所熟悉的景象——水產市場。

與二十年前的繁華不同，現在的街道空無一人，有幾棟倒塌的建築物靜靜矗立著。那些建築物表面被密密麻麻的藤蔓覆蓋，是歲月流逝的唯一痕跡。

自從政府決定封鎖這個區域後，這裡就成了無人問津的荒地。隨著首爾和平澤重生，變身為高人口密度的現代城市，這裡的存在更顯得多餘。人們沒有繼續住在這裡的理由。事故現場或許還保留了當年的樣貌。海未沿著她熟悉的路，前往三岔路口。

她的眼神掃過那些櫛比鱗次的建築物，真切地感受到了過往這裡的喧囂與繁榮。她在宛如廢墟般的建築物之間自由穿梭，攀牆、翻過屋頂、在建築物中跳躍再四肢落地。在這一刻，她感覺到了前所未有的自由與解放。起碼在這一刻是如此。

她在小巷中發現一張泛白的貼紙。寫有「貓翼」字樣的貼紙，是新路線的標誌。這張貼紙在陽光的照射下褪了色。她撫摸著貓翼下方的小字。

Jump up flying cats
Burn down the city

為了緩解緊張感，她決定跟隨那張貼紙所指引的路線，再次投身於奔跑中。她輕巧地踩牆[11]、上牆[12]，爬上了屋頂。靈活攀爬上對面建築物的屋頂後，全速奔跑施展金剛跳[13]、精準跳[14]，又一次金剛跳，踢了牆壁，再一次金剛跳，落點到隔壁的低矮建築物上翻滾護身[15]。再次施展金剛跳、踢踏[16]，被鍛鍊得結實的身體，遵循記憶靈活地行動。

這條路線無疑是每一個Traceur[17]都會喜歡的。因為只要在西北方架設攝影機，就能捕捉到釜山最高的地標性建築物Landmark Tower的壯觀景象。即便它現在只剩下骨架。

這不是「跑酷（Pakour）」，而是自由奔跑（Freerunning）。與只注重效率的軍事訓練的「跑酷」不同，自由奔跑融合了自由和藝術的精神。但實際上，海未並不明白自由奔跑的真義。她的自信來自於年輕的無畏。被譽為「女國中生自由奔跑訓練者」，她得到了那個年紀不應有的關注，這使她變得不可一世。

她與媽媽的爭吵也是自由奔跑引起的。媽媽希望她不要再跑了，認為這項運動過於危險與粗魯，不適合女孩子。當她被媽媽稱為「女孩子」時，海未非常生氣，和媽媽大吵了一架。即使在海雲臺的家庭旅行期間，這場爭執也沒有平息。她沒有和家人一起度過，而是選擇獨自一人，在清晨的街道拿著攝影機奔跑。因為這是拍攝精采影片的好機會。生氣的媽媽追上了她，兩人在咖啡廳吵了好一陣子，彼此說出了尖銳而傷人的話，徹底毀掉了本該愉快的旅程。

更糟的是，因為那次吵架，媽媽死了。

因此，她停止了自由奔跑。但諷刺的是，現在的她比以往任何時候更需要自由奔跑這項技能。因為自由奔跑讓她能活用的路線變多了。導致媽媽死去的技巧如今成為了提升媽媽復活機率的關鍵。令人不寒而慄的矛盾。

就在海未沉浸在回憶與矛盾的情感時，她來到了廣場。如她所預想，廣場沒有改變，被扔棄的汽車依然停在原處，立著的招牌仍舊在那裡，她眼前清晰地浮現了媽媽當時奔跑的身影。

海未小心翼翼地走向媽媽當時跌倒的地方。然後，她找到了原因。

***

「這個東西從地面突出來了。」

海未把一個凹成L形的鐵釘放在桌上，多未拿起它細細審視。鐵釘上的生鏽鐵屑撲簌簌地落下，海未皺眉，隨手將鐵釘往後扔。

「所以呢？」

「媽媽應該是被這個鐵釘絆倒的，我只需要回去，把它拔掉就行了。」

海未邊說邊從箱中拿出一套新衣服。這次她選了一套空調公司師傅穿的灰色工作服。多未呆

11 wall run，像在牆上跑一樣踢跑技巧。
12 climb up，像掛在牆上一樣，利用手臂力量爬上牆的技巧。
13 cat pass，在奔跑時，像貓一樣用雙臂抓住障礙物再跳躍的技巧。
14 precision，準確地在狹窄地點，如欄杆等著地的技巧。
15 rolling，滾動身體分散衝擊的著地技巧。
16 tic tac，用腳踢牆轉換方向的技巧。
17 指自由奔跑訓練者。

呆看著她，推著輪椅到全像圖前。

「姊姊，妳知道吧？」

海未回頭，多未正用手指著廣場。那裡密布著交錯重疊的紅線與面——那是海未之前的潛水路線，以及她的視線接觸過的空間。這意味著絕對不能踏入，已經被污染的區域。

「妳在兩次的潛水任務中，已經經過了那個要拔鐵釘的地方。過去的妳也會經過它的前方。如果妳在拔鐵釘時動作稍微慢一些，就會引發悖論。」

「不用擔心，那鐵釘比想像中容易拔。我只須搶先一步，拔掉它就回來。我會在另一個我出現之前結束的。」

海未迅速換好了衣服，站在了潛水機上。

「走七號路線。那是最快也是最安全的。」

「好，我走了。」

多未扣下了瞄準器的扳機。

15

2025——海雲臺

#守則4　潛水路線絕不可設計成交叉。
超越過去的自己是最危險的事。

嗶——

海未一抵達，手機就響起了急促的緊急災難簡訊聲，她看都不看就果斷按掉通知。接著，她迅速且精確地將智慧型手錶的鬧鐘應用程式設定到秒單位後戴上了耳機。耳機成為了警報器。

必須抓緊時間。

海未輕敲耳機，隨著耳機裡快節奏歌曲的響起，她利用附近的瓦斯管作為跳板，一躍而上直達大樓屋頂。七號路線，是經由屋頂前網路線的一條連綿直線。

她交替使用金剛跳和走步跳[18]，在屋頂之間穿梭，全速朝廣場前進。她必須盡可能加快速度，追回比第一次潛水落後的一分鐘。迎面而來的風將海未精心準備的帽子吹走，但她無暇顧及這個小失誤，無視吹飛的帽子繼續跑。

與此同時，她盡量保持視線看向前方，不看左右，以減少干擾未來屋頂的可用路線，減少視線污染範圍對她更有利。狹窄的視野使海未難以確認周圍的地形，但幸好身體記憶引導著她穿梭在大樓之間。

她跨越了約有十步距離[19]的大樓之間，低頭瞥見一號海未正從車上拿出智慧型手機，而二號海未則躲在西邊招牌後面等待。時間還算充裕。

當她再次從一棟大樓躍向另一棟時，一陣猛烈的逆風讓她晃動了一下。在千鈞一髮之際，海未拚命用手腳勾住欄杆，肋骨卻猛烈撞擊到欄杆一角。痛感還未浮現，她先用力踢牆，努力向上爬去。前方不遠處就是廣場了。

她到達廣場附近後深深吸了一口氣，然後順著大樓外側的水管滑到一樓。那枚鐵釘離她不到十步遠。她彎下身體迅速穿梭於人群之間。現在終於能拔起鐵釘了……。

為什麼拔不起來？

這時的柏油路面和經過漫長歲月軟化的未來地面截然不同。堅硬的嶄新路面，加上鐵釘在地底已經彎曲，讓拔起它變得異常困難。

——剩下十五秒。

就在此時，耳機傳來的警告聲提醒著她。一號海未即將抵達。她緊緊抓住鐵釘，使出全身力量想要將其拔出，手卻一次又一次地滑脫。

——剩下十秒。七、六、五、四……。

二號海未正從左邊逼近，二號海未後面的一號海未也即將到來。她必須在剩餘的幾秒鐘內找出解決辦法。她耳邊傳來的心跳聲快得彷彿心臟即將爆炸。她迅速地環顧周遭，在觸手可及的地方發現了破碎的人行道地磚。沒有絲毫猶豫，她撿起地磚碎片開始狂砸鐵釘。

隨著每一次笨重而沉悶的敲擊聲，鐵釘被深深地釘入地面，她沒有時間停留，立刻朝著折返點衝去。她幾乎無法呼吸，但海未知道自己必須堅持下去，必須在一號海未和二號海未到達之前先離開這裡。她拔腿衝入了一條小巷，同時迅速轉動腰帶旋鈕。

在她背後突然又傳來了「啊！」的驚呼。媽媽這次好像還是跌倒了。

怎麼回事？媽媽是自己絆倒自己的嗎？

還來不及發脾氣，她就被拉回未來。

---

18 step vault，同時使用相反的手腳，最安全越過障礙物的技術。又稱為安全跨越（safety vault）。

19 訓練者在跨越障礙物時，會以自己的腳大小為單位測量距離。

16

2045——海雲臺

潛水任務結束後，歸來的海未疲憊地坐在階梯上，她的手掩著臉。三秒。有可能僅僅因為短短三秒的差距而死去。這個意識來得遲卻幾乎擊垮了她。全速奔跑的心臟瘋狂亂跳，彷彿隨時都會爆炸，急促的呼吸也無法穩定下來。

多未走到她身邊，輕輕地拍她的背。

「還好嗎？」

「不好，我受夠這一切了。」

海未甩開多未的手站了起來，逕自走向全像圖。如果想要計算下一次的策略，那就必須精準地標出剛才行動的動線。當紀錄更新完畢，全新的全像圖上揭示了一個殘酷的事實：媽媽在同樣的地方跌倒了。這次除去鐵釘的計畫對媽媽沒有產生任何影響。她等於冒著生命危險去做了一件毫無意義的事。

海未坐在摺疊椅上，上身無力地後仰，全身好似都要被椅背吞噬。她的雙臂沉重無比，下垂至地面。她這時才意識到自己手中仍緊握著一片地磚碎片。她讓碎片從指間滑落。指尖隨著耗盡的力氣顫抖不已。

海未勉強將手抬起，她的目光落在手錶上。至今任務已經進行了六十二小時，貼在她手臂內側的失眠貼片即將失去效用。她從腰帶裡拿出失眠針，朝著脖子注射下去。一陣刺痛讓她瞬間清醒過來。

「這是妳第一次打失眠針。」

多未說。

海未打開了掛在針筒後面的標記筆蓋，在左臂寫上一個大大的1。潛水員要記住一切卻不能全然信任自己的記憶。因為時空旅行會不斷接觸同樣的事件，導致時間感變鈍，對事件前後順序的記憶逐漸變得扭曲。

她記得在服兵役時曾經目睹因為過度注射失眠針而導致大腦功能受損的軍人。她不願步其後塵。必須小心再小心。

「現在是星期幾？」

「星期三。是任務進行第三天。」

一週已經過去一半，時間飛逝得令人吃驚。沒時間耽擱了。海未用力拍打臉頰，試圖驅散這份無助感，迫使自己沉重的身軀站起。如果再不行動，她好像會就此倒下。失眠針只能防止她沉睡卻無法消除疲憊。

多未正全神貫注地與全像圖展開一場無聲決鬥，地圖上密布著她畫上的藍線，每一條都代表一次新的任務動線。海未看著那宛如火車時刻表般密密麻麻的計畫，旨在確保在正確的時間經過正確的地點。海未抓住多未的手阻止了她。

「多未，我們還是……」

「不。」

海未還沒說完，就先被多未打斷。

「我絕對不允許。」

「我還沒說，妳在固執什麼？」

「現在固執的不是我，是姊姊。雙胞胎也說絕對不能發生一類接觸。」

看來多未已經猜到了她的想法。

三類接觸是指間接影響目標，二類接觸是在對方不知情的時候直接接觸身體。目前海未只用過這兩種方法。**三類接觸是最優先建議**，**二類接觸允許但不建議**，**一類接觸則是禁止的**。都是因為那該死的潛水守則。

一類接觸是指向過去的對象透露時空旅行。比方說，未來的海未直接出現在媽媽面前，告知她自己的真實身分後，警告媽媽要快點回地鐵站，如此一來就絕對能達到目的。看來多未也有同樣的想法。

「一類接觸違反了潛水守則，植入物會被啟動。」

多未平靜地補充警告。

「妳真的相信有那種東西？」

「他們可是連時間都能隨心所欲操縱的人。只要他們說的其中一件事是真的，姊姊妳就真的會死。」

「……」

「就算植入物沒被啟動，妳認為他們發現我們違反守則之後，還會讓媽媽復活嗎？一個知道時空旅行祕密的危險人物？媽媽在２０２５年，我們在２０４５年，我們怎麼知道媽媽二十年後會發生什麼事？」

「這個……」

海未無話可說。

「沒必要走到那一步，我們現在的方法也一樣能成功。」

多未抬起頭看著海未，眼神毫不動搖。海未不想輸，也回看多未許久。然而，這次依舊是海未先投降。

「知道了，告訴我下一步計畫吧。」

她撿起那塊來自過去的路磚，讓過去的物品回到過去好像比較安全。

***

後續幾次的潛水都徹底失敗。在第四次潛水時，海未經由東大路移動至三岔路口附近，找到了一輛被遺棄的腳踏車。她一邊牽著腳踏車，一邊用銳利的眼神搜索著媽媽的身影，一發現就迅速躍上腳踏車，踩下腳踏板，直奔正專注於追手機的媽媽面前，在混亂逃亡的人群中，腳踏車歪斜倒地。

然而，一切都是徒勞。媽媽這次也在同樣的地方跌倒。

海未的不甘心日益加深，她的行動變得更加大膽，嘗試了各種手段：化身流浪漢威脅媽媽；向人群的手機發送了緊急災難簡訊引發混亂；試著碰撞手機，稍微移動了它的位置。但無論她做了什麼，結果卻都是一成不變。媽媽總是在同樣的地方跌倒。海未再次提議使用藍牙喇叭，被多未堅決否決了。因為三岔路口已經存在太多版本的海未，任何一個版本的海未聽到藍牙喇叭的聲音都可能引發悖論。

這場混亂的潛水任務持續了超過兩天，即使兩姊妹慎重地選擇動線，也阻止不了前往三岔路口的動線數量急速減少。

「沒關係，再試一下就可以了。」

每次潛水失敗後，多未都用同樣的話安慰她。

「哪怕失敗了一百次，只要能夠成功一次就沒問題。我們都試了這麼久。媽媽追著手機走完了一半的路程，現在只要讓她完成剩下的另一半路程就好。只要讓她們兩個對上眼一次就行了。一次就好。」

但是，時間是殘酷的。考慮到撤退所需要的時間，她們現在剩下的時間不到兩天。能否在這短暫的時間內進行十次潛水，海未心中充滿了憂慮。她凝視著全像圖上布滿紅線的路徑，焦急地啃咬著指甲。

「到定期報告的時候了，我打個電話給雙胞胎，看看能不能爭取到更多時間。」

「……好。」

海未拿著智慧通訊棒走出帳棚。正逢太陽西落時分，她打給了雙胞胎的ＩＤ。

拜託，希望是輝接的。拜託……。

——報告吧。

是賢。

「今天進行了七次潛水，結果並沒有改變。」

——才七次？時間所剩無幾，妳們還真悠哉？

「我們盡力了，愈來愈難找到合適的動線進入。」

——那是妳們的事。

兩個人為什麼差這麼多？賢到底為什麼這麼討厭我們？輝說賢是有原因的，但她始終猜不出是什麼。

「請把作戰時間延長一週。」

——憑什麼？

「反正兩週內暴露輻射量不會超過危險值，再給我們一週，我們一定能成功。」

——妳確定？

「是的，拜託了。」

她盡可能保持禮貌。

——我拒絕。

「我不明白為什麼不能，我們還有很多動線能嘗試，還沒試過第三階段，就這樣放棄機會嗎？我們的成功，對你們也是好事，不是嗎？」

通訊棒另一端傳來一陣含糊的咒罵聲。海未沒聽清楚，但能確定不是好話。

——妳是真的不知道？還是裝不知道？

「那是什麼意思……」

——休想延期。

通話被掛斷了。

海未望著不會說話的通訊棒，暴出一頓憤怒的咒罵。

＊＊＊

海未一回到帳棚就立刻啟動了潛水機。隨著一陣中低音的嗡嗡聲響，機器的綠色指示燈也亮了起來。

「快點開始。」

海未的聲音裡明顯透露著興奮。她迅速脫掉了身上的衣物。

「這麼突然？我們還沒制定好計畫。」

海未沒有理會多未的疑惑，逕自穿上了裝備。

「妳有聽到我說的嗎？」

「我有計畫。」

「妳想怎麼做？」

「我受夠了這些小惡作劇，這次我一定要結束它。」

海未在全像圖上畫線，詳細說明自己的計畫。

「真的沒關係嗎？風險太大了。」

「不會有事的。因為我沒有回過頭。」

海未拿起箱子上的牛仔褲。

「姊姊，那件已經穿過了。」

多未提醒她。可惡。海未隨手扔掉了牛仔褲，隨著時間的流逝，她的記性不再可靠。她對一個人什麼都做不了的自己感到無力。

「拿去，這是妳絕對不會穿的風格。這次穿這種更適合吧？」

多未挑了一件新衣服給她。那是一件花紋雪紡長洋裝。海未穿上了長洋裝，繫緊腰帶，還戴上了捲髮假髮。

「這次連妝容也要完美無缺。」

海未坐在桌子前，桌上放著一個裝有化妝品的箱子。當多未幫她畫上粗眼線時，她的思緒不由自主地飄遠，想起了媽媽每天早晨精心化妝的模樣。過去的人是如何每天忍受這種繁瑣的日常？海未完全無法理解。近十年來，在她的生活中，從未有人強迫她打扮。當然，也沒有人阻止她打扮。

也許是黏膜被上色，海未感到眼睛微微刺痛，她快速眨了幾下眼，戴上一副墨鏡，向潛水機走去。

「真的沒關係嗎？」

多未緊張地問。海未點點頭。

「我很快就回來。」

多未仍舊皺著眉頭，將瞄準器對準了她。

17

2025——海雲臺

#守則5　絕不以任何方式影響過去的自己。

包括一切所見、所聞，甚至每一次呼吸所觸及的。

海未抵達現場的瞬間便迅速加快了步伐。

她在遠處市場商人之間瞥見了一個熟悉的身影——二號海未。她小心保持著一公尺左右的距離，悄無聲息地尾隨著。二號海未正跟著一號海未。當一號海未在市場街中間轉進小巷時，二號海未則直行。海未順勢跟隨一號海未右轉。

她經過一家老年糕店走過蜿蜒的小巷後，來到一條通往老飯店前三岔路口的路上。

混亂的人群依然喧鬧不已。一號海未小心地避開與周圍人群的接觸，謹慎前行，海未則緊隨一號海未之後。多虧她提前開啟了耳機除噪功能，這次才避開了可怕的尖叫聲。

醉漢又衝了過來。一號海未慌張側身，巧妙避開了那個男人，跟在後面的海未卻來不及反應，男人撞上了她。可惡。她盡可能放輕手腳抓住那名男子，將他推到一邊，確保他不會發出任何聲響，繼續緊跟在一號海未的身後。

停下的汽車堵住了馬路，人流湧動。一號海未靈巧地鑽入人群，海未也跟著鑽進去，巧妙隱藏在人群中。遠處的老飯店入口已經清晰可見，她心中早已做好了心理準備。

「我沒有回過頭」的說詞其實是一個謊言。一個為了讓多未安心的善意謊言。實際上，她在進入廣場之前回頭過一次，她打算利用這個回頭的瞬間完成計畫。**就是現在**。她精確地按照預先計算好的時機，悄然朝一號海未的右邊移動。一號海未的肩膀微微動了一下，頭轉向左。幾乎同時，她迅速閃入一號海未右側的死角。當一號海未的視線重新回到前方時，她已經成功領先過去的自己。

一號海未做夢也不會想到，走在她前面的竟然是來自未來的自己。海未在心中為即將經歷無數次挫折的過去的自己感到同情，同時加快了腳步。

當一號海未站到汽車上輕盈地在車與車之間跳躍時，她躲在三岔路口附近，準備接近媽媽。不久，她看見了一號海未與二號海未，兩個過去的自己都把注意力放在手機上。在她們留意手機，並將注意力轉向媽媽之前的短暫剎那，是海未介入的關鍵時機。

三號海未出現了，正在砸著地面上突出的鐵釘，接著跑向折返點。然後，一號海未開始靠近媽媽，幾乎同時，海未也從東邊接近了媽媽。根據預想，四號海未將騎著腳踏車從右方出現，但海未並不在意。

一號海未與媽媽相撞，手機落地；二號海未觀察情況，扯住了帽T女，帽T女的腳尖擦過手機，媽媽著急追逐手機；四號海未一騎著腳踏車經過媽媽面前，她就像交錯般經過媽媽的身邊。

就在這時，媽媽的身體晃動。

海未扶住了失去平衡，即將要跌倒的媽媽。

「小心。」

嚇一跳的媽媽反射性地道謝。

「啊，謝謝。」

成功了。媽媽沒有跌倒。海未轉身走向折返點。就在此刻，媽媽突然抓住她的手腕，海未嚇壞了，當場僵硬。海未回過頭，媽媽面無表情，正用銳利的眼神掃射著她。

媽媽好像在說話。海未關掉了耳機除噪功能。

「我們是不是在哪裡見過？」

「沒有。」

「我肯定我們見過……」

「請您離開吧。」

海未慌張地甩開媽媽緊握的手，但媽媽卻出奇固執。海未甚至不小心用力過度，差點害媽媽跌倒。

媽媽到底是如何識破自己的偽裝？明明還戴上了墨鏡。

時間耽誤了太久。海未開始擔憂，不知道一號海未和二號海未什麼時候會看向這邊。就這樣前往折返點的風險實在太大。

在幾步遠的地方，一輛被遺棄的轎車映入她的眼簾。如果車主匆忙棄車而逃，那麼車門有可能沒上鎖。海未迅速朝那輛轎車移動。拜託別鎖。拜託。拜託。海未伸出手，心底默默祈禱。卡啦一聲，幸好車門開了。她迅速鑽進駕駛座，關上車門，壓低身體。幸運的是，似乎沒有引發悖論。因為要是引發的話，她早就化為泡沫消散了。

海未堅信這次她的計畫會成功。媽媽沒有跌倒，少女海未很快就會從媽媽眼前走過，兩人之間也沒有任何障礙物遮擋視線。可是……。

海未從汽車前座的擋風玻璃看見少女海未經過。看起來，這次母女倆好像也沒發現彼此。究竟為什麼？

海未抬起頭來，尋找媽媽身影。瞬間，她慌了手腳。媽媽已經撿起了手機，正靜靜地望向她。媽媽的目光並非停留在少女海未身上，不是凝視那個媽媽渴望拯救的年幼女兒，而是看著現在的自己，眼中充滿了困惑。

媽媽過了一會兒才回過神，離開原地。媽媽依舊向東走。和少女海未的方向正好相反。海未努力壓抑住即將脫口而出的髒話，轉動了腰帶旋鈕。

18

2045——海雲臺

一返回現在，海未就感到雙腿一陣發軟，身體不由自主地搖晃起來。

「姊姊！鼻血……」

多未高喊。海未下意識地用手指觸摸鼻子，指尖沾上了暗色的血。正當她準備用袖子擦拭時，一股血液從口中湧出，她無力地坐倒在地。

「妳沒事吧？」

多未焦急地推著輪椅靠近，海未終於走出潛水機，乏力躺在了地上。

「我沒事，多未。」

海未的聲音顫抖著。她又一次用已經被血染紅的袖子擦去臉上的血跡。她突然感覺肺部一陣劇痛，呼吸也變得困難。她解開了洋裝上的腰帶，發現裙襬一側像是被無形的剪刀剪裁過，消失無蹤。

「可能是我和一號海未交錯時，衣服被擦到了。」

多未迅速解開輪椅上的安全帶，摔在了地上，爬向海未。

「是我的錯。我這個傻瓜，竟然選了一件飄逸的衣服……」

多未的手顫抖著，她試圖解開海未洋裝上的鈕扣卻不斷滑掉。驚慌失措的多未，手在空中無力地揮舞，不知所措。海未緊緊握住多未的手，她從沒想過多未會露出這種無助的表情，那雙圓滾滾的眼睛彷彿隨時都會溢出淚水。海未知道必須盡快讓多未安心。

「我真的沒事，多未，真的。」

海未努力擺出一副若無其事的樣子迅速站了起來。一陣天旋地轉，她強忍著不適，用盡全力穩住自己的身體，然後輕輕抱起多未，將她安置回輪椅上。接著，她將染血的洋裝與假髮扔進廢棄箱，盡力忽略多未那緊盯她不放的憂慮眼神。

海未從VR訓練中學到的最大教訓是，不管她多麼小心，潛水過程中總會發生一些如小疙瘩般的失誤。雙胞胎雖然沒提過，但她相信那些比她更早開始的時空旅行潛水員前輩也犯過類似的錯誤。她們現在使用的潛水機到處都是生鏽的痕跡。這無疑意味著有人在時空旅行中喪生或受傷，而且絕非少數。肯定有許多潛水員因為悖論所引起的崩潰而消失無蹤。與那種極端的情況相比，她這種程度的傷害已經算是輕微的了。

海未走到全像圖前開始考量下一步計畫。她記錄完這次潛水的動線後，更新了全像圖，媽媽也開始動了。但是，媽媽這一次的結局依舊沒有改變——她毫不猶豫地越過了生存界線，再也沒有回來。

媽媽，我很快就會回去救妳。

海未看著媽媽的身影，心中默默地做出承諾。

「媽媽沒有跌倒，還撿起了手機。現在我需要做的，就是讓她們轉頭。雖然當年我這個該死的女兒沒有認出媽媽，但媽媽肯定會認出自己的女兒。妳想好下一步計畫了嗎？」

「妳先坐下來休息一下，再這樣下去，妳會先死的。」

多未不知不覺又恢復了平時冷冰冰的表情，只留下一些激動後的泛紅。海未搖頭。

「沒時間休息，如果要拯救媽媽，我們必須在明天之前成功。」

「……」

多未沒有回答，只是一臉懷疑地盯著她。海未張開雙手，做出誇張的表情與手勢試圖讓妹妹放心。

「多未，我真的沒事。」

「真的沒關係嗎？妳現在連正常走路都有困難。」

「噢，妳現在在擔心我嗎？」

「誰擔心妳啊，我是擔心任務……算了，妳愛怎樣就怎樣。」

多未搔了搔頭，來到了全像圖前。地圖上錯綜複雜地記錄著多未研究過的無數條動線。她雙手環抱沉思片刻後，伸出手指輕觸了其中一條線。被選中的線立即泛起鮮明的藍光，剩餘的藍線則自動變得模糊。

「就選這條吧。這起碼是條安全路線。」

「好，再來一次潛水吧。」

海未說著，努力吞下帶有鐵鏽味的唾液，站到潛水機上。

＊＊＊

但無論嘗試多少次，結果都一樣。

海未試圖用雷射筆吸引媽媽的注意力，甚至走近她，短暫地吹響哨子。無論她嘗試了多少種愚蠢的辦法都無法引起媽媽的注意。媽媽就像被催眠似的，只盯著坐在汽車裡的海未。

不是那裡，媽媽真正的女兒在附近。

海未心中充滿了挫敗感卻仍然想不出有效的解決辦法。她從沒想到自己會成為阻礙。自從那次倉促的接觸後，媽媽對任何行動都無動於衷，始終走向東方，而每次的結局都相同。

海未曾在軍隊中接受過教育，知道暴露於輻射的人會出現哪些症狀。最初，人們會感到輕微的暈眩、搔癢與噁心。隨後，身體較薄弱的部位開始出血，如鼻腔內側或嘴脣等。接下來，皮膚會像燒傷一樣灼熱，全身出現水泡與炎症。

然後，所有的疼痛突然間消失，就像從未發生過一樣。他們的力量重新湧現，又能夠正常活動。但那只是一時的錯覺。隨之而來的是更大的痛苦，全身細胞開始被破壞，壞死的皮膚像脫落的殼一樣剝落，變得面目全非，並伴隨著極端的痛楚。神經細胞被破壞，連止痛藥也無濟於事，人們開始精神錯亂。

媽媽該有多痛苦呢？

媽媽好像失去了方向感，在各處蹣跚而行，儘管虛弱的身體搖搖欲墜，如行屍走肉般，但媽媽的決心始終未曾消減半分。為了救出女兒，媽媽用盡了最後一絲力量堅持著。最後，媽媽靠著牆壁滑坐下來，再也沒有動彈。雖然只是單調的剪影，但目睹媽媽的死亡依然讓人難以承受。

海未解開了勒緊脖子的領帶，重新開始播放地圖。現在全像圖已經切換到了「精確模式」，之前簡單的線條現在變成了人形軌跡，顯示海未視線的平面圖變成了一個圓錐形的圖案，更精準地展現了變化。

地圖上超過三十個海未同時奔跑著。如果不以一秒為單位精確計算動線的話，她會寸步難行。隨著失敗次數的累積，海未可活動的範圍逐漸縮小。她感到窒息。

她將身體深深地埋入椅子裡，緩慢地轉頭看向多未。趴在桌上睡著的妹妹似乎在夢中也在經歷著痛苦，發出了輕微的呻吟聲。

海未感覺不對勁。多未的襪子被血染濕了。她小心翼翼地走到妹妹身邊，輕輕地掀起了覆蓋的毯子。毯子也沾有血跡，裙子上也是如此。

海未驚訝地搖醒了多未，拿著沾血的毯子追問妹妹。

「這是怎麼回事?」

「只是月經，別擔心。」

多未的聲音中毫無生氣，臉色蒼白，渾身冒汗。海未用手摸了摸多未的額頭，燙得像著火一樣。

「這不是月經。」

「妳最好會知道。」

「我怎麼可能不知道？」

海未粗魯地掀起了多未的裙子，用來測試放射能的貼片已經變成了一片漆黑。

「從什麼時候開始的？」

多未轉開了頭，避開海未的目光。

「……已經有一段時間了。」

「妳竄改了日期嗎？」

「沒有，我沒有那麼做。來到這裡之後，我沒有對姊姊說過謊，如果妳懷疑，可以自己去確認。」

海未拿起放在桌上的智慧通訊棒，檢查了日期。多未說的是真的。日期是正確的。

「那到底是怎麼回事？他們在放射能濃度上撒謊了嗎？」

「放射能濃度沒問題，不是那樣的。」

多未打斷了她的話。

「我的貼片和姊姊的不一樣。容量不到一半。」

「為什麼？」

「因為我懷孕了。」

一時間，海未無法理解多未說的話。懷孕？這是什麼荒謬的玩笑……。然後，她就像頭頂被雷擊中一樣，感到一陣寒意。她不由自主地提高了音量。

「妳瘋了嗎？」

「當然，我不瘋怎麼可能走到這一步？」

「妳什麼時候知道的?知道還這麼做?」
「已經十六週了。」
「妳應該告訴我!」
「如果我告訴妳,妳就不會讓我來。」
「那是當然的!」
海未怒氣勃發。
「雙胞胎說過,通常潛水行動需要一個多月的時間,任務期限會縮短到一週,都是因為我。他們不延長期限也是因為我。」
多未,妳怎麼能這麼冷靜?妳肚子裡的孩子正暴露在輻射下,可能連妳自己都受到影響。多未愈是冷靜,海未就愈焦慮。
「雙胞胎原本建議三天,他們說那是對胎兒安全的極限。是我堅持要求一週。老實說,包括他們在內,大家都知道,在這麼短的時間內幾乎不可能成功。」
多未顫抖著深深吸了一口氣,隨著對話的延續,她的呼吸變得愈來愈急促與困難。
「商場明明說這是防輻射內衣,看來我被騙了。」
海未猶豫了一下,最後還是提出了問題。
「孩子的爸爸是誰?」
多未又嘆了一口氣。
「我聯絡不上他。自從告訴他我懷孕後,他就不知道躲去哪裡了。」
「混蛋!」

多未在這不合時宜的情況下笑了出來。

「妳現在還笑得出來？」

「什麼啊，原來姊姊妳也會罵人？而且妳會有這種表情？」

「這不是當然的嗎？那個混蛋是誰？告訴我名字，我馬上出去找到那傢伙，把他大卸八塊。」

「不行。」

多未搖了搖頭。

「我們得先救媽媽。」

「多未！」

海未不假思索地喊出妹妹的名字卻不知道該說些什麼。該如何說服多未？是否應該說服多未？海未感到一陣可悲與悲傷。她甚至不知道自己是用什麼表情看著妹妹。

「不要用那種眼神看我，我本來就打算打掉這孩子。我不想讓他繼承同樣的悲傷。」

「所以妳才決定來這裡？」

「對，還有什麼辦法比這樣拿掉孩子更好呢？讓過去歸零重來，一切都將如同未曾發生過。」

海未似乎了解了多未為何會來到這裡。儘管她仍難以接受。

「姊姊，我沒有勇氣帶著這樣的記憶活下去，妳不也是這樣嗎？妳難道不想回到一無所知的時候嗎？如果我能成功改變過去，我打算走出泡沫，消失，忘掉這糟糕的人生。」

「多未，我們先出去……」

「閉嘴！」

多未的聲音因激動而顫抖。

「妳知道我一生中最可怕的事情是什麼嗎?是妳,姊姊。夠了,不要再裝好人!妳到底還要扮演媽媽多久?我要被妳牽著鼻子走多久?妳根本不懂我。我變成這樣都是妳的錯。我恨妳也羨慕妳。我最討厭的就是妳。但是……我需要妳。妳知道嗎?當妳離開我的時候,我有多麼……多麼……」

多未用盡全力尋找一個能發洩怒氣的對象。也許是因為情緒激動,多未感到眩暈,身體搖搖欲墜。海未試圖扶住多未,多未卻用力推開了她。

「不要假裝關心我!消失好幾年,現在突然出現,妳想怎樣?妳以為媽媽復活了我就會感激妳?當初妳把我當包袱一樣扔掉離開,現在又來假扮好姊姊?妳以為這樣就能抹去一切?我的身上滿是骯髒的回憶。妳以為說沒有就會沒有嗎?」

多未喘著氣。她的肺部發出了喘息聲,握緊的手在顫抖。她好不容易平復了呼吸,低頭呢喃:

「我已經累了,我不再對任何人抱有期待。所以,就讓我一個人吧。不管任務成功後消失,或是失敗後死在這裡。」

「不行,妳出去,剩下的任務由我完成。」

海未拿起了智慧通訊棒,打算要求雙胞胎帶多未出去。但多未緊緊地抓住了她的手臂。

「姊姊,妳不可能擁有想要的一切。像我們這樣的人,得到一樣東西就必定會失去另一樣。一切都是選擇。所以,放棄我吧。為了媽媽,拋棄我……救媽媽……」

多未倒了下去。

「多未!」

在海未抱住多未之前，多未先失去了意識。

＊＊＊

海未將昏迷的多未放在床上，走出去用智慧通訊棒打電話。在電話鈴聲響起之前，雙胞胎已經接了電話。

拜託這次是輝接……。

——又怎麼了？

是賢。一句髒話不由自主地脫口而出。

「混帳，你也知道吧？」

賢很快就明白了她在說什麼。

——是她自己希望的。她要求不要告訴任何人。我們只是按照孕婦的意願行事……。

「少廢話。快點派車來。多未下腹出血了。」

——車子要兩天後才能進去。

「你沒聽到我說的嗎？多未有危險！沒有車就派救護車或直升機，用你們委員會的權力做點事！你們不是青瓦臺直屬的嗎？不是有能力隨意決定生死嗎？」

——不是那個的問題。

「那是什麼問題？」

——即使我解釋了，妳也不會明白。我提前警告妳，絕對不要打一一九，也不要打給救護車。如果時空旅行裝置被救護人員發現，植入物將立即啟動。根本無法溝通。

「看來跟你說是沒用的。輝在旁邊嗎？讓他接電話。」

——等一下。

電話那頭沉默了。不久後，傳來輝的聲音。

——我是輝。孕婦現在怎樣？

「如果這樣下去，胎兒會死的，孕婦也會有危險，請快點採取行動。」

——抱歉，委員會雖然無所不能，但在那個時空上無能為力。

「什麼？」

——那個時空裡還不存在委員會。

「你在胡說八道什麼？」

——我們來自未來。比2045年更遙遠的未來。

「別開玩笑了。如果你們是從未來來的，你現在是怎麼接我的電話？」

——手機上會有未接來電紀錄。我們根據紀錄的時間潛水過來接的。

海未這才明白。為什麼雙胞胎每隔十分鐘就離開再回來，為什麼總是匆匆忙忙地解釋事情後消失；他們為什麼會這麼了解她的背景，並提前準備好自己與妹妹的工作證。不是他們蒐集資訊的能力強，他們是聽了她的故事後，再回到過去，假裝什麼都知道一樣，重新講述同樣的故事。雙胞胎可能進行了無數次的測試，直到他們說服她與多未為止。

海未突然想到，也許這次的對話不是第一次。她的心中湧現出一連串不祥的想像。她不敢相信也不願相信。她用各種方式否認雙胞胎來自未來的說法。

「你們找來了我家。如果你們是潛水員，是怎麼到束草那麼遠的地方？你們最多只能停留十分鐘吧？」

——雖然服裝的限制時間是十分鐘，但使用鈴的話就能延長到一小時。儘管經過多次的試驗與失敗，但我們最終把鈴安裝在卡車上，開到了海未小姐的家門口……。

「不要再解釋了，告訴我怎麼救多未。」

輝沉默片刻。

——很抱歉，我們沒有干涉該時空的行政力量。就連要送一輛車進封鎖區都很困難。從官方立場來看，現在海雲臺沒有人，只有放射性空氣品質監測設備。按照之前的批准許可，車輛兩天後才能進入。

「誰想聽你這種答案？現在有人快死了！你這混帳……」

海未突然回過神來，現在不是她發怒的時候，反而應該懇求。多未快要死了。她平復了情緒，努力調整語氣，小心翼翼接著說：

「對不起，我太激動了。我道歉。」

——沒關係，我理解。

「你們至少可以派一輛車來吧？請你認真想一想，一定有辦法的。拜託了，只要把多未送出去就好，我會獨自完成任務的。我一定會成功完成任務……」

海未含淚握緊了智慧通訊棒，但輝的態度堅決。

——請保持冷靜，海未小姐。無論使用任何方式，妳都必須成功，那之後一切都會歸零重來。就像上次一樣。
「真的可能嗎？」
——過去是可以改變的。這一點無庸置疑。妳現在能在那裡與我們通話就是最好的證明。
「那為什麼……」
我救不了媽媽？海未咬緊了牙關。
——海未小姐，已經過了七分鐘，剩下時間不多。所以，請仔細聽我的話。妳不能放任多未小姐死去。多未小姐對時空旅行產業非常重要，因為我們……。
突然傳來一陣嘈雜聲，輝的聲音戛然而止。
一陣靜默後，另一個聲音響起。
——現在妳要和我對話。
「輝在哪裡？把電話給輝。」
——輝差點說了不該說的話，所以我把他送回了未來。那裡還有很多重要的事。
「我還沒和他說完。」
——孩子沒事。孕婦的出血只是暫時的。
「你怎麼知道？你又沒見到她。」
——我當然知道。我現在在哪裡？
「……未來。」
——不用擔心。我們已經了解了胎兒的狀態。孩子會平安出生，不會有後遺症。雖然童年會比別人不幸一些，但會平安長大，而且會擁有一份重要的工作。

賢像在談論別人的事情一樣，毫無感情地敘述。

「我要怎麼相信你？」

——信不信隨妳，我不在乎。

「如果你撒謊，我一出去就會去找你，殺了你。如果你還沒出生，我會等你出生，一出生就殺了你。」

賢輕蔑地笑了。

——隨便妳。任務進展到哪裡了？

海未總結了目前進度。

「快完成了，只差一點點。兩天後，車子一定會到，對吧？」

——不，我改變主意了。

「什麼？」

——任務成功，我才會派車過去。

「你這個混帳！」

海未差點扔出手中的智慧通訊棒，她勉強握緊了顫抖的手。

——別太恨我。我也不希望妳妹妹死去。但我不能因為一個人而破壞整個計畫，妳可能不知道，但這件事牽扯的不僅僅是一個人的生命。

「你希望我成功嗎？那就毫無保留地告訴我一切。」

——妳有想問的可以問我，我會回答妳。

「為什麼改變過去這麼難？是不是有我不知道的事？」

——嗯？我沒告訴過妳嗎？我的記憶最近有些混亂……。

他猶豫片刻，最終開口說：

——好吧，我特別告訴妳。真實的歷史和實驗室的控制環境不同，具有恢復力。如果過去沒有改變就代表影響力不夠，需要更大的衝擊。

「要多大？」

——我們在全像圖上輸入了一個計畫，存取代碼是WSUFK-7629。

輸入代碼後，地圖上出現了一條黑色路線。海未快速播放地圖，目光緊緊地追隨動線。即使只是看著路線的移動，她仍感到難以置信。

「你們要我開槍射人？」

——無所謂。因為用槍射擊屬於三類接觸。

「我問的不是這個。」

——這是人工智慧提出的數百種方案中，成功率最高的。不必有罪惡感。目標原本就是注定會死的人。與其暴露在輻射下承受近十小時的痛苦折磨，說不定被槍殺是更幸福的結局。那不是殺人，而是大發慈悲。

海未從箱底拿出了手槍，她雖接受過無數次的射擊訓練卻從未真正向人開槍，不確定自己是否開得了槍。她盯著槍口看了許久。

「真的只有這個方法？」

——對。

賢冷冷地補充了一句。

——不用太擔心，如果出錯，我們就改變規則重新開始，即使妳失敗了，也會有其他的海未和多未會成功的。

「那是什麼意思……」

——什麼啊？妳以為這是第一次嗎？

19

2025——海雲臺

#守則6　潛水員絕不能殺死過去的任何人。

海未一到達過去，立刻在三岔路口東邊的一棟建築物屋頂就位。不久後，少女海未從她面前經過，但她沒有理會。這次任務的目的不同。

她還有一些時間。海未從夾克內側取出手槍，檢查了彈匣。子彈已經上膛。槍口裝有消音器，不用擔心位置暴露。萬事具備，只欠東風。

海未必須親手射殺某人。

海未思索著賢剛才說的話。雙胞胎究竟重複了這個行動多少次？委員會大樓裡無數的房間，是不是為了讓他們每次失敗後能直接換個地方重新開始？直到她完全信任他們，同意進行時空旅行，又或許直到多未同意加入，雙胞胎可能已經重複了無數次那該死的測試。到底有多少個閔多未在房間裡被槍殺？又有多少個閔海未目睹了那一幕？

也許整個時空旅行任務已經被歸零無數次，改寫無數次。隨著潛水守則逐漸改變，裝備和訓練的內容也會改變，哪怕任務失敗，只須換個房間從頭開始。只要修改輸入類人類的代碼，讓類人類引導她們姊妹到新的房間。說不定他們打算讓不同版本的閔海未和閔多未進入各個房間，無止境地重複相同過程，直到時空旅行任務成功為止。

正當她這麼想著，預定的時間到了。在三岔路口，少女海未和媽媽即將走過她面前，向東移動。目標也將在類似的時間點，與媽媽擦身而過。

反正對方已經是死人了，就是一具會移動的屍體。她只是在射擊一具喪屍而已。

她在心底喃喃自語的同時打開了手槍的保險。生存界線很快就會逼向媽媽。這裡是最後的防線。如果在這裡無法讓媽媽改變方向，媽媽就沒有生存的機會了。一定要做到。她再次堅定地下定決心，提高了警惕。目標出現在海未的視野中，正按照預定路線移動。當她看到了對方的臉龐，海未徹底絕望。

賢，那個混帳，沒說過目標是一個孩子。

那個女孩看起來還是個小學生，長得很像多未，就連身高與衣著都相似。小女孩孤零零地獨自逃跑著。

『當著陳秀雅的眼前射擊目標，雖然是致命傷，但目標不至於當場死亡。妳只要適當地射目標的身體就行了。只要不讓目標當場死亡就行了。』

她似乎明白了賢的意圖。

她短暫地想像了一下，如果射擊小腿會怎樣？或許媽媽和小女孩都能活下來。但海未心知肚明，事情不會如她所想的發展。即使她違背命令救了小女孩，雙胞胎也會讓一切重來，從頭開始。那個小女孩注定無法倖免。

反正是注定要死的孩子。再難，也必須動手。如果射擊小女孩，媽媽一定會帶著受傷的孩子回到地鐵站。媽媽就是那種人。只要扣一次扳機就能救下媽媽。

小女孩正在慢慢接近。就是現在。

就像多未說的，一切都是選擇。為了得到一樣東西就必須放棄另一樣。她一直以來都是這樣活過來的。無論如何都不可能拯救所有人。如果必須犧牲一個人去救另一個人，那她就必須動手。

停止思考，抹去感情。現在什麼都別想，只想著救活媽媽。假如現在不開槍，媽媽和多未都會死。

她下定了決心。

海未緩緩舉起手槍瞄準小女孩。小女孩的表情和動作映入眼簾。小女孩眼中的情緒，她比任何人都要熟悉。小女孩勉強忍住眼眶的淚水，不安地四處張望的眼神，顫抖的肩膀，看起來快要癱軟的雙腿。這些都是海未再熟悉不過的。因為她也曾在那裡經歷過同樣的感受。

事到如今，想這些做什麼？

淚水模糊了她的視線。她擦了擦眼角，再次瞄準小女孩的胸膛。槍口晃動著，她屏住呼吸，手指扣住了扳機……。

但她沒能扣下。

槍口垂了下來。她的淚水再也抑制不住地暴發。她蜷縮在頂樓角落，小聲抽泣。好孤獨。好想多未。

與小女孩擦肩而過的媽媽，這次也朝著東方走去，走向毫無意義的死亡，走向一個沒有女兒的地方。

她跪在地上，凝視著媽媽遠去的背影。

20

2025——首爾

她突然想起了那天的事。

在海雲臺旅行前一週，警察局打來了電話。有報案稱有人非法私闖民宅，媽媽與警察通話許久後，用食指嚴肅地指向餐桌，示意海未坐下。海未小心翼翼地坐在餐桌前，低下了頭。

「說說看。」

媽媽說。

「妳為什麼進別人家陽臺？太危險了。」

「是個失誤。我從屋頂上滑下去了。」

「什麼？妳說妳從哪裡滑下去？」

媽媽的表情變得更加嚴肅。海未後悔自己脫口說出「滑下去」。她認為最好不要提起因為觀眾的贊助，她在屋頂之間跳躍的事。如果說出去，媽媽可能會暈倒。

「我要被妳氣瘋了。妳沒事吧？有沒有哪裡受傷？」

「我沒事。」

媽媽走過來，摸了摸她的身體各處。每次被觸摸到瘀青的地方都會隱隱作痛，假裝不痛真不容易。

但如果露出痛苦的表情，媽媽再也不會允許她那麼做。

「又是那個什麼跑酷？」

「那不是跑酷，是自由奔跑。」

「不都一樣！」

海未嘆氣，托著下巴，低下了頭，看向一旁。她不知道該看哪裡好，目光四處游移。她沒有勇氣與媽媽對視。

「海未，能不能不要再做那個了？」

不出所料。

「媽媽不會再要求妳讀書。妳想不想回去當運動員？要不然媽媽跟教練說一聲？」

「媽媽，我不是在反抗。」

「那是什麼？妳之前吵著要當射擊運動員，現在又放棄。」

「我說過了。快射手槍沒有女子組。」

「那就參加其他項目。妳在二十五公尺項目上的成績也很好。」

「我二十五公尺的成績和別人差不多。我最擅長的是快射手槍。我們學校的男選手沒人射得比我快。為什麼我不能代表參賽呢？煩死了。我不會再做那個了。」

「妳不喜歡讀書，又不喜歡運動。這已經多少次了？海未，妳之前就是這樣放棄田徑和跆拳道，這次是射擊。媽媽要忍到什麼時候？」

「我要去自由奔跑。」

「那算什麼運動？」

「為什麼不行？我的粉絲已經超過十萬了。妳知道我的頻道有多出名嗎？我一天能賺好幾萬。妳等著，我一定會更紅的。如果媽媽願意買直播攝影機給我，我的粉絲早就突破百萬了。我現在只能用手機拍影片。」

「那個太危險了。妳不是摔下了屋頂嗎？」

「我沒事。我不會再犯同樣的錯誤。」

「海未！」

媽媽的嘮叨讓海未的耳朵都要長繭了。嘮叨、嘮叨、嘮叨、嘮叨。媽媽不停地碎唸，但海未幾乎沒聽進任何內容。就像網路聊天室的髒話會被過濾一樣，海未心不在焉。

「反正，我覺得那不是女孩子該做的事，妳應該找別的興趣愛好……」

「女孩子？」

海未腦海中的紅色警燈被開啟。女孩子。這個詞一直是她的絆腳石。她想參加喜歡的射擊項目卻被禁止；想和那個讓人生氣的男孩子對練跆拳道時，大人用這個詞阻止她，就連田徑隊教練試圖摸她大腿時也是。

她再也忍不住了，氣憤地站起來，大聲說：

「我在哪裡做什麼關媽媽什麼事？媽媽什麼時候關心過我？媽媽只需要成績好的多未就夠了。整天就只繞著多未打轉。」

「多未現在正處於重要時期。」

「我就不重要？」

「海未，媽媽不是那個意思。妳也很重要。只要這一年過去，多未進入明星學校，明年……」

「啊，算了吧。」

海未走進自己的房間，鎖上了門。媽媽沒有追過來。她本來希望媽媽能來敲門再次勸說她。如果那天媽媽那樣做了，或許她就不會說出那種話了。

***

為什麼突然要去旅行？

在開往海雲臺的火車上，海未始終保持冷漠，緊閉雙唇，打算沉默到底。多未一吵著想看海，媽媽立刻買了去海雲臺的火車票。如果是我提出的話，媽媽也會那麼做嗎？大概不會吧。

「媽媽，我們什麼時候到。我朋友說坐車只要三個小時。」

多未扭動著身體，不耐煩地抱怨。

「多未，這個火車和那個火車不一樣。但是坐這個可以直達海邊，更方便，對吧？還可以像這樣把椅子轉過來，面對面坐著。」

「我的腳不舒服。」

多未把腿伸到前座之後睡著了。出於對媽媽的照顧，海未不得不與媽媽面對面坐著，兩人的膝蓋幾乎碰在一起，就這樣忍耐了五小時。

「海未。」

媽媽叫她。原先一直盯著窗外的海未默默轉過頭看了媽媽一眼，媽媽勉強擠出微笑。

「妳真的打算不說話嗎？笑一個。我們都要去看海了。」

媽媽一面說著，一面把手機鏡頭對準了海未，海未尷尬地快速用手掌擋住鏡頭。喀嚓。

「哎呀，只拍到黑黑的手。」

媽媽檢查著相機，抱怨道。

「不要拍了，瀏海都亂了。」

「為什麼？很好看啊。妳就是這個壞脾氣。」

「媽媽那麼想拍就拍自己。」

「我不好意思自拍。妳幫我拍。」

「我不要。」

海未拒絕了媽媽的請求，戴上棒球帽，閉上了眼睛。過了一會兒，她偷偷地睜開眼看，發現媽媽已經睡熟了。她不悅地皺眉。本來想幫媽媽拍照的。

如果那時候有拍照的話，至少能留有一張照片。

***

這趟旅行從一開始就一團糟。

漫長的等待過後，火車終於抵達目的地卻不見大海的蹤影。四周只有灰色的大樓，媽媽一臉尷尬地嘀咕。

「真奇怪，以前火車站明明就在海邊的……」

「什麼啦，沒有查清楚就出發，這算什麼。」

海未邊抱怨邊拿出手機查資訊。媽媽記憶中的海雲臺火車站早就關閉許久。火車站已經遷移到離海邊很遠的地方，並更名為「新海雲臺站」。海雲臺站現在只有地鐵運行。

「媽媽，我們現在怎麼辦？」

多未抓著媽媽的衣角。媽媽顯得手足無措，到最後靠著海未用地圖應用程式找到了路。

三個人換乘兩次地鐵後抵達海雲臺站。迷路了很長時間，天早已黑了。

拖著沉重行李抵達的住宿地點同樣令人失望。海未不曾期待豪華飯店卻也沒想到會是這樣的。狹窄的房裡只能勉強放得下一張上下鋪，除了睡覺，什麼也不能做。浴室和廁所都是公用的。

「不過這裡景色很好，放眼望去就是大海……咦？」

媽媽輕快地拉開了窗簾，窗外的視線卻被隔壁大樓擋住了。

「算了，我累了，先睡覺。妳們兩個自己去找一些好吃的。」

海未沒有洗澡，直接躺上了床。換上漂亮衣服的多未開始吵著要去看海。媽媽牽著多未去欣賞夜晚的海景。直到她們回到旅館，海未都沒有睡著。她假裝睡著，不舒服地翻來覆去好幾次後才不知不覺睡去。

一大早醒來，她一睜眼就溜了出去。那時天才剛破曉。

「這麼早會有人上線嗎？」

她不抱期待地打開了直播。出乎意料的，觀看人數迅速增加。看來是觀看其他頻道的夜貓族被海未的直播吸引過來。觀看人數超過預期，開心的海未向聊天室的人打招呼，然後立刻跳上了大樓。

她貼上貼紙，爬上周圍的高樓，確認了昨晚在地圖應用程式上規劃好的路線。看起來如她所預期，完全可行。

「各位，看到前面那個綠色屋頂了嗎？我要一次跳過去。」

她將手機鏡頭拉近，讓觀眾看見目的地。聊天室裡立刻跳出一連串表達驚訝的留言。沾沾自喜的海未連熱身都沒好好完成，就開始沿著路線奔跑。為了確定自己的臉清晰地入鏡，有時會有些驚險，但並沒有大問題。

——貓翼勝利！

——貓翼勝利!!

——貓!!勝利！

——國中生勝利!!

——貓翼勝利!!

……

聊天室熱鬧非凡，贊助費一筆筆湧入。今天滿順利的嘛！海未提高了難度，重新跑了一次，這次她還接受了挑戰任務。一次跳到對面可以獲得三千元，不使用雙手到達目的地的話可以獲得五千元；在屋頂上閉眼翻觔斗可以獲得一萬元。每當她完成一個任務，聊天室就會出現新的任務，要求她挑戰更加危險的動作。海未熟練地完成了所有任務，而且不忘在鏡頭前揮手，送出眨眼與微笑作為給粉絲的額外服務。被氣氛影響，幾個小時一轉眼就過去了。

「今天的直播到此為止，各位，明天我會在首爾再次奔跑。再見！」

關掉直播後，她走出小巷，突然嚇了一跳。媽媽在前面等著她，表情嚴肅。

「嚇我一跳，媽媽妳怎麼知道我在這裡？」

媽媽的表情冰冷。

「跟我來。」

媽媽帶她去了附近的咖啡廳。整個路上被媽媽握緊的手腕非常痛，但海未不敢出聲。

「要喝什麼？」

媽媽連問飲料的聲音也是冷冰冰的。海未有些害怕。

「……冰美式？」

「兩杯冰美式。」

飲料很快地端上來。母女倆坐在靠窗的桌子前，彼此對視。

嗶——

不祥的緊急災難簡訊聲響了起來。是地震。那天的第一次地震。相當輕微。如果不是簡訊，她壓根沒意識到有地震。

「最近好常發生地震。」

海未試圖轉移媽媽的注意力，說些無關緊要的話，但媽媽根本不在意那條災難訊息。

「我剛才看了妳的直播，也看了其他幾部影片。」

海未再次低下了頭。

「……妳怎麼知道我的頻道名？」

「多未告訴我的。」

「她真是夠了。明明說好只有她一個人知道。」

海未故意發牢騷，把嘴巴靠近吸管。

「別做了。」

「什麼？」

「我沒想到妳會做那種事。我不允許。」

「媽媽有什麼資格？」

「剛才聊天室裡的人，他們只想看妳受傷，看妳摔死。」

「……才不是每個人都那樣。」

「妳不需要為了賺人氣去做那種事。」

「誰說我是為了人氣才那樣做的？」

媽媽緊緊地抓住她的手。

「海未，還有很多有趣的事可以做。妳不用做那麼危險的事。做平凡的事情一樣可以很快樂。」

「媽媽希望我變成妳這樣嗎？」

海未甩開媽媽的手，冷冷反問。

「我不希望人生過得像媽媽一樣無趣！」

話一說出口，海未就後悔了。不知為何，與本意不同的話總是脫口而出。那種說話習慣一直沒變。她其實是希望被阻止。她希望引起媽媽的注意，現在不是已經得到她想要的嗎？

既然如此，為什麼每次都變成這樣？

「我不想見到媽媽。不要再干涉我的人生，滾開！媽媽最好去死！」

她感到臉上發燙。自己說出的話太過分了。這次必須道歉。

「媽媽，剛才我說的……對不起……」

海未抬起頭，看向媽媽，她驚訝地僵住了。她真的怕了。媽媽露出她從未見過的表情。她從沒想過媽媽會對自己或對任何人露出那種表情。

直到看見那個表情，她才明白，媽媽從未真的生過氣。

媽媽突然抬起手掌。海未閉上眼睛。但那一巴掌沒有打下來。當她睜開眼時，媽媽低垂著肩膀正在默默地流淚。

「要是沒有生下妳，我也……」

聽見媽媽說那句話的瞬間，一切都結束了。

她每天都後悔那一刻。為什麼偏偏那句話成了她對媽媽說的最後一句話。她叫媽媽滾開，叫媽媽去死。她無法擺脫媽媽是因為那句話而死的想法。

她無數次渴望回到那一刻，糾正一切。如今終於有了機會。不屬於任何人，如同奇蹟般的機會。

但為什麼？究竟為什麼？

為什麼改變不了這該死的過去？

21

2045——海雲臺

一回到現實，智慧通訊棒就響了起來。是雙胞胎打來的。海未按下通話鍵之後，傳來了賢的聲音。

——真讓人失望。是我給妳的壓力還不夠嗎？

「我不知道要殺死的目標是個孩子。拜託你。我什麼事都願意做，再給我一次機會。我一定會……」

——我已經給了妳足夠的機會。

賢的態度堅決。

——現在時空潛水機裡的泡沫還剩下多少？一天？兩天？剩下的這點時間，妳們就好好努力吧。等到泡沫都用盡後，我會把妳們消除再重新開始。下一次，我會讓妳別無選擇，只能開槍射那孩子。

通話結束。海未再次撥電話卻沒有接通。

＊＊＊

對不起，媽媽。但我下不了手殺人。

海未迅速換好衣服準備下一次潛水。並不是完全沒希望了。正如雙胞胎所說，過去確實可以被改變。每次完成潛水任務回來，媽媽的行為都有產生微小的變化，只是並沒有發生能造成決定性的改變而已。

多未的出血減少了，但由於感染性發燒，多未狀況愈來愈差。無論敷多少冰袋，多未的身體始終不降溫，燙得像顆火球一樣。每次看見多未痛苦的表情，都讓海未心急如焚。

不能只在周圍徘徊、小心翼翼行動了，縱使會影響到其他人導致過去產生一些變化，她也別無選擇。海未決定採取更大膽的做法。

海未將注意力轉向第三階段區域——媽媽走過三岔路口後經過的東部廣闊地區。那裡的倖存者少之又少，即便產生一定的影響也不會有太大問題。

海未不斷地潛水，回到過去，推倒廣告牌，阻擋媽媽的去路；四處縱火；開插有鑰匙的汽車，封鎖媽媽的去路。她決心在媽媽的腦海中灌輸「東邊無路可走」的暗示。

但媽媽並沒有停下腳步。當廣告牌被推倒時，吃驚的媽媽還是躍過了廣告牌；當街道著火時，媽媽拿起滅火器滅火。無論如何，媽媽都有辦法找到方法向東走。

回頭吧。求求妳了。回頭吧。

媽媽如此忽視自己的聲音，海未開始怨恨起媽媽。她阻止媽媽的手段愈來愈激烈。她甚至分不清自己現在的行為是為了救媽媽，還是讓媽媽受苦。

她回到過去引爆了汽車，媽媽被炸飛幾公尺遠，滾倒在地；她在附近的網咖安裝了炸彈，讓玻璃碎片從天而降；她甚至親手推了媽媽。

儘管如此，媽媽的意志堅定。受了傷的媽媽還是一次又一次地站起，繼續向東走。她一次次回到過去，無數次潛水，結果始終一樣。媽媽的情況沒有改變，就連僅存不多的希望也逐漸被消磨掉了。

這是第幾次潛水了？

海未突然感到一陣睏意。她從腰帶裡取出失眠針，看著自己的左臂。她分不清上面寫的數字是12還是1或2。時間感正在崩潰。她注射後，抹去所有數字，寫上了3。現在就連按下針筒注射鈕都需要極大的意志力。體力已經徹底耗盡，連動一根手指頭都難如登天。

還有辦法嗎？

她厭倦了這一切。思考也讓她感到疲憊。海未現在不知道自己想要什麼。想要救媽媽的迫切心情和絕望感，如同鐘擺一樣來回擺動。如果不是因為多未，她早就放棄了。不，她根本不會開始。

都是因為妳，多未。

一絲怨恨妹妹的情緒掠過，她吃了一驚。她難以忍受有這種念頭的自己。

「姊姊……」

多未的聲音傳來，海未猛然回神，走向多未，握住了她的手。
「妳醒了？」
多未慢慢地坐起身，看向牆上的時鐘。日期即將改變，最後一夜即將結束。
「老實告訴我。如果今天不成功的話，我們就會消失，對吧？」
「……對。」
「這是好事。」
「哪裡好了？」
「就算不是我們，還會有其他的海未和多未去救媽媽。姊姊，妳現在停手也沒關係了。我不會怪妳的。」
「我沒關係，多未，我還能繼續。我一定會成功的。」
多未嘆了口氣。
「姊姊和媽媽一樣可憐。」
「哪裡一樣？」
多未握緊了海未顫抖的手。
「休息吧。我希望剩下的時間留給我們自己，不要留給媽媽。」
「給我們自己？」
「嗯，我想和姊姊聊聊，直到死亡來臨。」
「誰會死？我說過，妳不會死。」
「反正一切都會被消滅，從頭來過。沒什麼區別。」

多未咳嗽著，艱難地嚥下乾澀的唾沫。乾燥的嘴唇裂得厲害，流出了血。海未將手帕沾水，輕輕地擦拭著妹妹的嘴唇。

「姊姊，聽我說。」

「嗯。」

「我肚子裡的孩子是雙胞胎。」

「那很好，一個人會很寂寞。」

「所以我做不到。」

「做什麼？」

「如果只有一個，我覺得我可以放棄，但是兩個，我覺得我做不到。」

海未難以想像多未是懷著怎樣的決心來到這裡，又有多迫切想抹去自己的孩子。海未什麼話都說不出來。

「我想替他們取單名，叫做輝和賢。我連名字都想好了，很可笑吧。」

多未微微一笑，隨即咳嗽了起來。

「⋯⋯妳剛才說什麼名字？」

「輝和賢。」

海未一聽到名字，腦海頓時變得混亂。

「妳知道委員會那對雙胞胎的名字嗎？」

「怎麼了？我不知道，妳知道？」

「不⋯⋯我也不知道。」

海未覺得沒必要告訴多未，閉上了嘴。

「姊姊，抱我一下。」

多未伸出雙臂，海未默默地彎下腰，緊緊地擁抱了妹妹。

「我們就這樣消失，不會有任何感覺，對吧？我希望我至少能留下記憶。」

「嗯，一切都會好起來的。」

海未輕撫著妹妹的髮絲。

「呵呵，我還是有點害怕。」

「多未，別擔心，睡一覺醒來，一切就能從頭來過。就像什麼都沒發生過一樣。」

雖然海未對時空旅行一無所知，但她盡力安慰妹妹。

「姊姊，我有話要說。」

多未哽咽著，兩人緊貼在一起的臉頰被淚水沾濕了。

「我討厭姊姊卻又擔心姊姊。我羨慕妳可以一直回到過去，但又覺得妳好可憐。我不知道要怎麼面對妳。我知道這不是姊姊的錯，但我無法不埋怨妳。」

「我明白。我也一樣。」

「對不起，我其實知道。是我讓姊姊和媽媽吵架。堅持要去海雲臺的也是我。但是我就是無法不怪妳。我害怕，如果承認一切都是我的錯，我怕妳會拋棄我，會恨我。那我就會變得孤單。如果不責怪妳，我就無法忍受這一切。」

「沒關係，不是妳的錯。」

「不，是我的錯。」

「其實我……」

海未鼓起勇氣準備坦白自己對媽媽犯下的可怕錯誤，那個錯誤成為了她終生憾恨。但多未已經睡著了。海未小心翼翼地用手帕擦去多未臉上的淚水。

＊＊＊

拼圖正慢慢拼湊起來。

海未開始明白了自己被選為潛水員的原因。在眾多的罹難者中，為什麼偏偏是媽媽被選為救援對象。這一切都是因為多未。所有的線索都與多未有關。現在她明白了為什麼雙胞胎對多未如此執著。

我們並非是唯一冒著生命危險的人，你們也懷抱極大的決心投身於這個計畫。這些混帳。這樣一來，我就不能繼續恨你們了。

這時，海未終於明白了輝那句話的意思。

『我需要海未小姐來說服多未小姐。』

雙胞胎從一開始便知道了。唯有姊姊才能說服懷有身孕的多未參與計畫。他們利用自己吸引多未，這代表雙胞胎同樣把自己的生命押在這上面。畢竟此刻多未腹中的孩子就是他們。如果多未有任何閃失，雙胞胎也將喪命。

『我也需要多未小姐來說服海未小姐。』

你們的真正計畫終於揭曉，你們利用多未把我逼到這裡，將我引到這個時空，想要操控我就必須將我的情緒推至極限。你們是對的。如果多未沒有在我眼前垂死掙扎，我也不可能下這麼堅定的決心。很抱歉讓你們失望了，但我還是無法扣下扳機也沒能改變過去。這並不是你們想要的結局。

輝、賢，你們到底經歷了什麼？究竟是什麼樣的痛苦讓你們不惜一切也要抹去？

別擔心，最終一切都會如你們所願。無論發生什麼事，阿姨一定會救出外婆。哪怕要面臨悖論的風險。

***

海未獨自完成了所有準備，坐在全像圖中央的三岔路口廣場上，陷入沉思。

她在思考，真的有可能改變歷史嗎？

她已經嘗試了數十次的潛水，結果始終沒有改變，彷彿宇宙早已為所有人設定了命運，彷彿歷史有一個固定的終點，她試圖修正因果的努力總是滑出了時間線之外。

也許所謂的命運真的存在？世界只是按照預設的軌跡流淌？像我這樣的生命、無數因意外而死的人們、這無休止的仇恨、痛苦與悲傷，都是早已定好的劇本？

多未垂死也是上帝安排的一部分？

「該死。」

海未揮手掃去全像圖。她走向多未，拿下了媽媽的髮夾，並從桌上拿起瞄準器，走上時空潛水機，將槍口對準自己的太陽穴，扣下了扳機。

她的最後一次潛水開始了。

22

2025——海雲臺

#守則7　建議使用三類接觸方式，
允許二類接觸，
但禁止一類接觸。

現在只剩下這個辦法了。

海未堅定地下了決心。她不害怕死亡。如果死亡象徵著一切的終結，她隨時準備好了犧牲。

但如果發生悖論導致我的存在被抹去，連存在過的事實也從這個世界消失，世界上沒有人記得我……。

那可能會有些寂寞吧。

海未苦笑著，輕撫著自己身上的衣服。一件天藍色的襯衫式洋裝，和媽媽那天穿的衣服是一樣的。她畫了和媽媽一樣的妝，戴上和媽媽一樣髮型的假髮，也夾上了媽媽的蝴蝶結髮夾。

海未一回到過去就開始行動。她沒有設定智慧型手錶的計時器，也沒有調整除噪耳機。那些已經不再重要。海未只是拚命地移動，在建築物的上下穿梭、奔跑、跳躍、翻滾、反覆攀爬。為了避開成群的海未們到達三岔路口，她只有這個辦法。

她一到達三岔路口立刻向東方移動，然後在準確的時刻轉身。那個時刻即將到來——過去的她，少女海未。

海未感到像是全身被火焰灼燒般的痛苦。

這代表她開始與過去的自己產生互動了。幸運的是，保護泡沫還在堅持著。所以，她要忍耐，默默地走著。不要過快也不要過慢。

縱使感到不安也絕對不能回頭。過去的自己一定會跟上來的。因為沒人比她更了解自己。假裝不在意卻始終渴望著媽媽；裝出一副酷樣，但歸根究柢，她還是個孩子，總是依賴媽媽、黏著媽媽，永遠跟在媽媽身後。就這樣，總是讓媽媽感到困擾和為難。

因此，這次一定能成功。

她終於來到了三岔路口。令人厭煩的場景在眼前不斷重演。第一個海未與媽媽肩膀相撞，手機悲慘地在地上滾動；穿著帽T的路人跨過手機，從手機上方走過，另一個海未騎著自行車擋住媽媽，阻止了即將摔倒的媽媽，逃進了廢棄的汽車裡。

媽媽就像被釘在三岔路口中央，被無能的女兒拖住。

海未脫下戴著的假髮，緩緩地舉起左手指向了媽媽。更強烈的痛苦開始在她的全身沸騰。她呼出的每一口氣炙熱如火，她感覺自己膝蓋即將彎曲，隨時都會倒下。還能堅持多久呢？

走吧，快去，真正的媽媽在那裡。

她閉上了眼睛，將一切都交給命運。

就在那時，少女海未快速地從她身邊跑過，少女海未大聲尖叫。這是數十次潛水中第一次發生的情況。

「媽媽！」

聽到少女海未的呼喚，媽媽終於轉了那始終不願意轉過來的頭，她們的目光第一次相遇。緊張感消失的少女海未笑著哭了出來。媽媽跑到少女海未身邊，像是要保護少女海未一樣。少女海未則用盡全力投入媽媽的懷抱，媽媽用雙臂緊緊擁抱了少女海未。

「我們走吧，海未。」

「好。」

母女手牽手開始奔跑。朝著西方。

海未坐在地上，失去了力氣，只能看著相依的母女向著夕陽逃離。

但就在那一刻——

一顆子彈從某處飛來，穿透了媽媽的頭顱。

為了守護
妳的時間

23

2025——海雲臺

有什麼詛咒比記憶更可怕嗎？
有什麼懲罰比記憶更沉重嗎？

海未無法忘記在火災現場中，那倒塌的柱子壓在孩童身上的場景。那孩子可憐的面孔像破碎的西瓜一樣扭曲變形，纖細的骨頭也以不自然的角度被折斷，當時發生的一切都生動地被重複播放，一遍又一遍，一次又一次，就像被刻印在眼瞼內側，可能直到死亡，這些畫面都會持續不斷地出現。

無數次的死亡瞬間在她眼前上演。被困在沉沒的船艙，拚命抓劃玻璃的二等兵；在化工廠被氯氣熏得肺部阻塞、口吐白沫的工人；漂浮在漢江岸邊，眼睛翻白、身穿制服的學生；患有失智症，用美工刀割開自己腹部的中年婦女；一半身體被農用機械捲入的老婦人，以及一無所知駕駛著那輛機器的重聽老人……。

再次面對媽媽的死亡，讓海未過往的所有記憶一股腦兒湧出，就像用力握住尖銳的栗子殼一樣，又彷彿吞下成堆鋒利的針一般，記憶皆化作無形的痛楚不斷刺入她的肺部，讓她連氣都喘不過來。

媽媽的身體彷彿失去了重力，緩緩倒下。飛濺的血液與腦漿飄散在空中，覆蓋了少女海未的臉。少女海未緊閉雙眼。

怎麼回事？這到底怎麼回事？

海未眼神呆滯地盯著擴散的血泊，整個人陷入恐慌。有一灘黃色的嘔吐物灑在了地上，但她一時並未意識到自己已經嘔吐了，彷彿與這世界完全隔絕，只有那一刻的恐怖記憶在腦海中無休止地重播。

少女海未晚了半拍才意識到發生了什麼，尖叫著坐倒。聽到過去自己的尖叫聲，海未總算恢復了一絲理智，用右手猛力地拍打自己的臉頰。

保持冷靜。還有挽回的機會。

海未急忙四處尋找凶手。媽媽是從右側中槍的，那麼可能的狙擊位置是……。她抬頭看向飯店頂樓。黑色、細長的槍管露出在欄杆之外。閃爍。狙擊鏡的鏡頭短暫反射了光芒，海未迅速撲倒在地。就在躲開的同時，子彈擊中了她原本在的地方。

她迅速從地上爬起來準備去追逐凶手。就在這一刻，提醒潛水時間限制的警報音在海未腦中響起來。

該死。她急忙轉動腰帶上的旋鈕。

24

2045——海雲臺

時空潛水機發出了巨響，將海未摔了出去。海未摔到樓梯上，撕破了部分的衣服，將充填泡沫的管線連結到潛水服上。

「姊姊？發生了什麼事？」

被嘈雜聲吵醒的多未睜大了眼睛，踉蹌地迎了過來。

「現場有另一個潛水員。那傢伙殺了媽媽。」

「什麼？」

「他在飯店頂樓用狙擊槍開槍。我不知道是誰，但肯定是受過訓練的軍人。等泡沫充填完了，我就回去阻止他。我知道他的位置，回去就能阻止他。」

多未用食指撫摸著嘴角，陷入了沉思。

「不。就在這裡阻止他吧。即使我們在過去救出媽媽，對方也會再次潛水，用別的方法殺死媽媽。同樣的事情會重複發生。」

「我們怎麼知道他們會在什麼時候，在哪裡？」

「他們現在在海雲臺。」

「這是什麼意思？」

「如果那個凶手是從我們的過去或未來潛水過來的，我們不會察覺到歷史已經改變了。我們能感知到對方的時空移動和變化，代表對方和我們幾乎是同時潛水的，而且距離很近，以致於彼此的泡沫粒子可以糾纏在一起。他們的營地大概在這個範圍之內。」

多未伸出食指在全像圖上畫了一個圓。

「潛水機釋放的泡沫粒子擴散的距離約莫在一百公尺左右。對方要和我們的泡沫粒子交織並相互影響，那麼他們的營地就必須在兩百公尺以內。所以，以我們的營地為中心，他們應該在這個範圍內。」

海未仔細查看了地圖。由於核電廠事故，當時現場一帶發生了停電。想要步行上到近二十樓高的飯店頂樓需要花費相當長的時間，狙擊手的營地應該離飯店不遠，而且還必須是人跡罕至的地方。既然如此，只有一個可能的地點。她用手指指向了那個地方。

「飯店後面的大樓工地，只有這裡了。」

就在那一刻，響起了一道細長的哨聲。那是海未再也熟悉不過的聲音——迫擊炮落下的聲音。身體在大腦反應過來前就先採取了動作。海未護住多未，俯身倒地。隨著巨大的爆炸聲，地面彷彿在震動。

「多未，趴好別動。」

海未中斷了充填作業，立刻衝出帳棚外。外頭是深夜，她摸索著陰暗的牆壁，沿著藤蔓爬上大樓。炮彈落在附近的屋頂上，狹窄的巷子像戰壕一樣保護了帳棚，所以才沒有遭受損害。只能說是幸運。

「那邊！」

遠處傳來一聲喊叫，緊接著是一陣槍聲，然後從對面傳來機關槍的聲音和子彈穿透身體的熟悉聲響。接著是東西倒塌的聲音。再也聽不見人的哭喊聲了。

周圍已經變成了戰場。

海未回到帳棚，把多未放在輪椅上，說明了情況。

「不知道為什麼，周圍一切完全變了樣。」

「可能是因為暗殺媽媽的那些傢伙。姊姊妳得去阻止他們。」

「那妳怎麼辦？妳獨自留下太危險了。」

「姊姊妳一離開，我就會把所有東西扔進潛水機，並啟動它。這樣至少會安全一段時間。當保護泡沫包裹的時候，帳棚會被送到時空之外，沒人能找到這裡。」

多未說著，遞給海未智慧通訊棒。

「所以說，動作快。如果對方也啟動了潛水機，姊姊就找不到他們了。」

海未點點頭，衝出了帳棚。

***

周圍的環境已經完全改變。高聳的建築大多已倒塌，只剩零星的輪廓，四周被熊熊燃燒的火焰染成了鮮紅色。海未敏銳地提高了警覺，快速穿過水產市場的街道。

一顆子彈突然擊中了她的腳邊。海未迅速躲到電線桿後面。她小心翼翼地探頭，但天色昏暗，看不清敵人的位置。子彈數次擊中了電線桿。她脫下半撕裂的衣服，只穿著深灰色的套裝，消失在黑暗中。

海未深呼吸後從電線桿後面衝了出去。子彈就像追隨她的腳步一樣擊中牆壁。她迅速拐進了熟悉的小巷。這是她多次潛水任務中摸索出的路線。

在小巷的拐角處，她與軍人相遇。令人驚訝的是，那些軍人正互相揮舞著刺刀進行肉搏戰。剛才的槍聲說明了至少有兩股勢力在這裡交戰。到底發生了什麼事？她躲過軍人的視線，跳上了牆頭，盡可能地伏低，用自由奔跑的技巧穿越屋頂。

——姊姊，聽得到我嗎？

多未的聲音帶著雜音從智慧通訊棒中傳來。

「嗯，聽得見。」

——妳抓住他們之後一定要問他們，為什麼他們要和我們同時潛水。說不定這是救媽媽的關鍵。

她正要回答，突然聽到有人喊道：

「是閔海未！她在屋頂上！」

四面八方的子彈紛飛而來卻都徒勞無功地打在了周圍。她並不害怕。因為用步槍在夜晚命中奔跑的人是有難度的。

從下方突然飛來了一個物體，落在她的腳邊。是一枚閃光彈。她幾乎沒有時間思考，迅速抓起閃光彈，朝下方的窄巷扔去，然後閉上了眼睛。隨著耀眼的閃光，此起彼伏的槍聲。她跳過上方，向三岔路口廣場跑去。

廣場被火焰吞噬，她不得不冒著身體暴露的風險穿過空地。趁著炮火暫時減弱的間隙迅速穿過廣場。幸運的是，她沒有被發現。海未直奔老飯店正門，穿過大廳，從後門出來。正如她所預料看到了帳棚。她從槍套裡掏出手槍，向帳棚胡亂射擊，十幾個彈孔隨著射擊聲出現在帳棚上。彈匣空了，她換上新的並躍進帳棚裡。

帳棚裡，有一名胸膛中槍倒地的軍人。他軍服上的徽章是海未從沒見過的圖案。那名軍人咳出一口血，抬起頭。竟是熟悉的面孔。

「鄭敏洙，是你？」

「海未姐……妳的射擊技術真糟糕。一個要害都沒射中。」

敏洙的面容和她記憶中的有些不同，看起來比上次見面老了二十歲。

「你從未來來的？」

「哈哈……。是的，老很多吧？」

他努力想要起身，但海未毫不留情地踢中他的下巴，並將附近的狙擊槍踢得老遠，再踩在他流血的胸口上。敏洙慘叫起來。

「告訴我，是你殺了我媽？」

敏洙欲言又止，海未用槍指著他的臉。

「回答。不然我就開槍。」

「……對不起。為了阻止戰爭，我別無選擇。」

「什麼戰爭？」

「妳也看見了，現在周圍是什麼樣子。」

「那和我媽有什麼關係？」

敏洙沒有回答。海未更用力地踩壓他的傷口，他再次尖叫，雙腿在地板上掙扎著。

「因為妳成功了！妳是第一個改變過去的人！雙胞胎掌握了霸權，正式擴大了時空旅行業。過去二十年，無數失去親人的人嘗試時空旅行卻喪生，所以我們這些遺屬……」

他劇烈地咳嗽起來。海未稍微放輕了腳上的力道。

「我們要徹底抹去時空旅行。」

「外面的人都是來自未來的潛水員？」

「大家都在爭奪M.D.M.。因為2045年8月的海雲臺是定位M.D.M.唯一的時空座標。時間管理廳被權力蒙蔽了雙眼，四分五裂，不知道分裂成了多少個派系。」

「M.D.M.究竟是什麼？」

「就是妳們正在使用的潛水機。我們稱之為多元宇宙潛水機（Multiverse Dive Machine）。其他勢力可能有不同稱呼。M.D.M.是第一個成功修改過去的模型，此後所有的潛水機都是基於M.D.M.的設計理念打造。M.D.M.與所有時空旅行設備因果相連。換句話說，誰掌握了M.D.M.，誰就能在這場時空戰爭中勝出。要是M.D.M.被消滅在悖論中，其他勢力的時空旅行設備也會隨之從歷史中消失，就能擁有無人可敵的至上權力。」

「為什麼你們要在這裡潛水，不在未來？為什麼要和我同時潛水？」
敏洙無奈地笑了。
「什麼？這麼基本的事情妳都不懂？是為了避免被困在循環中。」
「循環？」
「因果循環悖論。」
「詳細解釋。」
「我們這邊的科學家才懂科學原理，我不懂，我只知道潛水守則。在干預他人的時空旅行中，如果在不同時空進行潛水，就有被困在循環中消失的風險。」
海未覺得再問下去也沒用。她轉而提出另一個問題。
「你聽說過能讀取思想和融化大腦的生物植入技術嗎？」
「他們也在妳的腦袋裡植入了那種東西？要是那樣的話……」
「回答我的問題就好。」
她的腳稍微加重力道。
「不，我沒見過那種東西。」
「你確定？」
「確定。」
看來她被騙了。她吞下苦澀的心情。
「但那種技術是存在的。」
噠。有人抓住了她的右手，有種異樣的感覺。她感覺到某種無法抗拒的力量似乎在自己的意識中占據了上風。她握著手槍的手突然開始自主動了起來。

「海未姐，抱歉。等這一切結束了，我會讓妳復活的。」

敏洙舉起了手，指著自己的頭，海未握著槍的右手不由自主地對準了太陽穴。她沒時間思考，在對方反應之前就必須結束。她的左手本能地動起來，扭斷了自己的右手並抓住滑落的槍，迅速對準敏洙的頭部，本能地扣動扳機。

等一連串動作都結束後，海未的大腦才遲鈍地反應過來。當她終於意識到自己做的事，海未驚呼出聲。

「敏洙！」

那股壓制她的力量消失了，她緊緊抱住敏洙被子彈打穿的頭。

「對不起……我本來不想殺你的……」

她小心翼翼地把敏洙的屍體放在地上，輕輕地闔上了他的眼睛。

「等救了媽媽之後，我一定會讓你復活的。」

海未拿來一條毯子，蓋住敏洙的臉。她的心情突然平靜下來，連她自己都感到毛骨悚然。她剛剛殺了一個人卻能如此冷靜。沒關係，一切都能復原的。儘管她還不知道具體的方法，但她努力欺騙自己。

她仔細地檢查了帳棚內部。敏洙使用的潛水機仍然正常運作，看起來與她使用的機器結構相同。

海未撿起掉落在地上的狙擊槍，檢查了裡頭的彈匣。彈藥充足。她拿出智慧通訊棒，呼叫了妹妹。

「多未，聽得見嗎？我會在這裡潛水。暗殺者已經被我處理掉了。我現在要回到過去阻止狙擊。」

——姊姊，不行！保護泡沫還沒充好……。

多未還來不及阻止，海未已經跳進了潛水機。

25

2025——海雲臺

#守則8　潛水員不會因為墜落而死，只會因為無法浮起而死。要再三檢查泡沫的餘壓。

「餘壓不足」、「餘壓不足」，耳機裡不斷響起餘壓不足的警告音。海未一著陸就立刻衝向老飯店。左邊的電梯停止運作。她奔上了緊急逃生梯，在彷彿無止境的樓梯上奔跑許久，終於到達頂樓。

眼前是裝飾成花園的飯店頂樓。她立刻發現敏洙。他剛把狙擊槍架在欄杆上。海未躲在花壇裡，毫不遲疑地單膝跪下，用槍對準敏洙，大喊：

「敏洙，住手！」

敏洙大吃一驚，轉過頭來，但槍口仍然對準三岔路口。

「看來未來的我輸了。」

「你已經了解情況，現在就停手吧。」

敏洙故意將槍托放在肩膀上並拉動了槍機。

「你敢開槍，我就會去找小時候的你，把你殺了。」

但他滿不在乎，眼睛貼近了瞄準鏡。

「妳真的敢動手嗎?我現在就能開槍。」

敏洙就像一條毒蛇一樣嘲諷她。正如敏洙所說，少女海未即將經過三岔路口，她必須在此之前解決問題。她把手指放在扳機上。

「別逞強了。我四十年來一直在觀察妳。海未姐妳是個善良的人，不像我。妳不是能輕易殺人的人。」

敏洙的表情變得嚴肅。海未直覺地意識到用言語無法說服，但她不想連續殺死同一個人兩次。她的手仍然殘留那股骯髒又殘忍的感覺。

該死，必須想辦法阻止……。

嗶——

餘壓不足的警告音已經進入最後階段，代表不到十秒的時間，保護泡沫即將完全耗盡。她屏住呼吸，肺裡的空氣並不屬於她所在的時空，一旦保護泡沫消失，會對她的肺部造成多大傷害，無法預知。

她必須採取行動。

她扔掉了手中的槍。當兩把相同的狙擊槍碰撞的那一刻發生了悖論。它們化為泡沫消失了。敏洙握了握空蕩蕩的雙手又張開，無奈地微笑。

「你現在沒槍了，放棄吧。」

她用最後一口氣給予警告。她知道自己隨時都會停止呼吸。她還能堅持多久呢？一分鐘？三十秒？她盡力不被敏洙發現。

「海未姐，妳還是不夠了解時空旅行。」

鄭敏洙用食指輕輕地敲了敲太陽穴。

「海未姐，想想看吧。狙擊槍因為悖論而消失於時空中，就像從未存在過一樣。那麼會發生什麼事呢？妳怎麼沒想過我從一開始就帶了另一把槍呢。」

敏洙從背後拿出了一把突擊步槍，將槍口對準了海未。海未下意識從槍套中抽出手槍，並扣下扳機。

被子彈擊中的敏洙身體搖晃了一下，他用手撫著自己被撕裂的頸部，以布滿血絲的眼睛怒視著海未。

「海未姐……妳……」

他的嘴唇動了動卻只發出氣音。鮮血從他的指縫間湧出，敏洙踉蹌著後退，身體撞到欄杆上搖搖晃晃。

「不！」

海未急忙跑過去。她伸出的手沒能抓住。失去平衡的敏洙從欄杆上摔下。

他從飯店頂樓摔落到下方停在三岔路口的汽車上。砰！子彈因為落地的衝擊力而射出。槍聲迴響，汽車的防盜警報在街道上如殘影一般久久迴響。

敏洙一動也不動。他中槍的傷口處流出的鮮紅血液，匯聚成了一個巨大的圓圈蔓延開來。人們尖叫著並迅速地從他周圍散開。

海未強忍著湧上喉嚨的作嘔感，轉動了腰帶上的旋鈕。

26

2045——海雲臺

海未摔下潛水機，失去平衡倒在地上。一切都在搖晃，就像發生了地震般，她強行支撐起身體，全身肌肉彷彿要斷掉般尖叫著。

這次到底發生了什麼事？

她跌跌撞撞地從帳棚裡掙扎走出去，然後絕望地看見了周圍的景象。

風暴。

一股彷彿要吞噬全世界的灰黑色風暴包圍了四周。

就在這時，智慧通訊棒的鈴聲響起。是雙胞胎。

——為什麼現在才接電話？

輝的聲音聽起來很急迫。

「我很忙。是你先掛我電話。」

——我也很忙。這裡的情況也很複雜。

她本想揭露他們的真實身分，但覺得現在不是時候，有更緊急的問題需要解決。

「到底發生了什麼事？」

海未一邊爬上附近的管線，一邊問。

——很抱歉沒能提前告訴妳。發生了一場大戰。

「我知道。我剛剛阻止了。我殺了鄭敏洙。」

——不，海未小姐，妳沒能阻止，反而使它變得更嚴重了。

智慧通訊棒另一邊傳來槍聲和人們的驚呼聲。輝的聲音也變得更加急切。

——遺屬們的勢力失去了領導者開始失控。他們過度使用潛水機，導致時空完全被攪亂。現在整個海雲臺地區即將因悖論而崩潰。海未小姐妳得盡快逃離那裡……。

隨著一聲巨大的爆炸聲，通話戛然而止。

「輝！回答我，輝！」

她回撥電話，輝沒接。海未祈禱她的姪子能活下來，同時將手搭在頂樓欄杆上。

一爬上頂樓，海未就看見了整個狀況。從西邊開始，時空像波濤一樣起伏，周圍以難以理解的方式飛快變化著，風暴經過之處被灰塵染成灰色，無數狂風所到之處，空間都化為了暗紅色的泡沫，徹底消失。

她必須盡快回到多未身邊。海未加快了腳步。

海未跳過幾棟建築物後，從屋頂滑下，進入小巷。有個人突然跳出來對著她舉槍，哪知那人卻被突如其來的旋風捲起，化為泡沫吹走了。她翻滾到一旁，躲開旋風。幸虧人們陷入混亂中，沒人妨礙她，她很快就回到了帳棚。

「姊姊！」

多未倒在地上，海未跑向她。

就在那一刻，地面再次劇烈晃動，她的雙腿一軟，頭撞到了地面上。可能是因為撞擊，她的視線變得模糊，她無力地躺在那裡。

多未，妳到底在說什麼？

多未伸出手好似喊了些什麼，但巨大的噪音吞沒了她的聲音。追趕到帳棚外的風暴正在吞噬周圍的一切。很長一段時間過去，震動依然沒有停止的跡象。海未緊緊抓住搖晃的地面，緩慢地向前爬去。

多未的嘴型變得更加清晰。她在重複同樣的話。

只要再前進一點就可以了；手只要再往前伸一點就能碰到了。她不想就此消失。她什麼都還沒做到。再給一點時間吧。拜託了，至少讓我們的指尖能夠互相碰觸到。

圍繞著潛水機的泡沫逐漸減少，風暴慢慢地接近。狂風大作，帳棚瘋狂地顫動，她用盡全身力氣向前爬了一小步，以為這次能碰到了，但指尖只是擦過而已。海未再次用力推動自己往前。當泡沫最終縮小到帳棚內部時，鈦合金的框架就像糾纏的毛線團一樣扭曲，消失在灰黑色的風暴之中。

多未的身體隨著空氣的流失而飄浮起來。海未反射性地伸出手，握住了妹妹的手。輪椅與多未分離，落下，被捲入風暴之中。

「姊姊！」

「多未，抓緊！」

海未用盡最後的力氣大喊，風暴猛烈地拉扯著多未的身體，多未的腳趾逐漸向上飄起。滿是汗水的手掌逐漸脫離。多未依然在重複同樣的話。

「姊姊，不要忘記我！記住我最後的微笑！」

多未拚命地微笑著。即便她正在哭泣。

「其實我一直對姊姊……」

多未的手突然滑脫，一切瞬間消失在黑暗中。海未反覆地握緊又鬆開空蕩的手，最後拳頭緊握，狠狠地拍打地面。她向這個世界放聲大哭，但她的哭聲被淹沒在巨大的噪音中。泡沫逐漸收縮，壓迫著她，但她並沒有退縮。她蜷縮成一團，打算跟著多未一起消失。海未放鬆了身體，閉上眼睛。

多未，等著，姊姊很快就來了。在姊姊忘記妳曾存在過之前。

但就在那一刻，她腦海中閃過一個念頭——她能拯救多未，能把一切恢復原狀。海未急忙伸手抓住搖搖欲墜、掛在泡沫邊緣的瞄準器，再次爬上潛水機。又一次的潛水，回到一小時前。

27

一小時前——海雲臺

「王八蛋。」

將全像圖坐在屁股下的海未起身，扔掉了全像圖。然後，她從多未的頭上拿下媽媽的髮夾，深深地插入自己的頭髮裡。她再從桌子上拿起瞄準器，爬上潛水機，將瞄準器對準自己的太陽穴，扣下扳機。海未回到過去，瞄準器獨自留在空中，砰一聲掉到地上。

三十秒後，海未降落在潛水機上。多未被動靜驚醒，揉著眼睛咕噥道：

「……姊姊？妳在做什麼？」

海未緊緊地抱住了妹妹。

「姊姊，怎麼了？」

「我只是很高興見到妳。」

「妳看起來怎麼這麼狼狽……」

多未的表情變了。

「不對。」

她仔細看著多未的臉，多未的表情暴露出自己知道了一切。多未知道她不再是她。多未知道她已經做出了某種選擇。但是多未還是靜靜地微笑，好像什麼都不知道。

「要潛水嗎？」

「嗯，這真的是最後一次了。」

「好。」

多未沒有再問。

海未走向潛水機，將充泡沫的管線連接到腰帶上，坐在椅子上等待泡沫充滿時，海未決定說出之前沒有說出口的話。

「多未。」

「嗯。」

「我有話要說。」

她緩緩地吐露心聲。

「那天，事情發生的那天，我對媽媽說了不該說的話，我要她滾出我的人生，去死。那是媽媽臨終前聽到自己女兒說的最後一句話。」

海未的聲音顫抖得很厲害。

「所以媽媽的死都是我的錯。因為我說了那些惡毒的話。因為我恨她，所以她才……」

她哽咽著。

「我不是故意的……」

不知不覺間，多未從背後擁抱了她。她感受到了貼在臉頰上的溫暖觸感。多未像是靠在她身上一樣緊緊地抱住她，輕聲地在她耳邊低語：

「姊姊一定很辛苦吧？」

海未心中的某些東西似乎崩塌了，她再也說不出任何話，肩膀顫抖著，哭了許久才終於忍住淚水。她還有事情要做。

充填完成後，她站在鏡子前穿上了黑色洋裝。多未在她背後幫忙扣上鈕扣。

「還好嗎？」

多未點點頭。

「很適合妳。」

「我不是問這個。」

「我知道。」

多未暫時調整了呼吸。

「我沒事。即使妳不是我認識的那個姊姊。」

是的，我們的時間已經結束了。海未帶著淒涼的表情，慢慢地轉身走向潛水機。

「姊姊，等等。」

多未叫住了她。海未轉過頭，看見多未手裡拿著OK繃，指著她的額頭。原來不知不覺中額頭受傷了。多未沉默地替她貼上OK繃時，她有機會最後一次仔細看看多未的臉。

海未撿起地上的瞄準器，交給了多未，然後邁著輕快的步伐爬上了潛水機。

「多未，別擔心，我會讓一切重新來過。我們從頭開始。」

「嗯。」

「很高興再次見到妳。」

海未朝多未燦爛地微笑，多未也回以微笑，舉起瞄準器瞄準了她。

「姊姊，謝謝妳。」

多未扣下扳機。希望這次真的是最後一次。海未閉上了眼睛。

28

2025——海雲臺

#守則9　為保險起見，保留第一分鐘，以便在出錯時進行補救。但這麼做，將不得不付出巨大的犧牲。

我曾想理解妳，過妳的生活，和妳走同樣的路，有著同樣的感受，同樣的悔恨，同樣的痛苦，努力理解妳為什麼生下我？妳愛過我嗎？妳曾恨過我嗎？妳在最後一刻到底在想什麼，我好奇得快要發瘋了。

隨著時間的流逝，我以為當我長到妳生下我的年紀時，我就能理解妳了。但即使我的年齡已經遠遠超過妳，我也無法完全理解妳。因為我的心早已支離破碎，我的每一種情感都已經化為塵埃。

妳死去的那一刻，不僅是我的生活，還有整個世界，一切都崩塌了。

我總是認為自己是妳的絆腳石。如果妳沒有意外懷上我，妳的生活將會完全不同。妳當時只有二十三歲，如果沒有孩子，妳不會那麼早結婚。也許妳會遇到更好的男人。或者可能妳根本不會遇到任何人，獨自過著幸福的生活。那麼至少不會獨自辛苦地養育孩子，那天也不會在海雲臺。

所以，妳會死全都是我的錯。因為我出生了。因為我讓妳不幸。

這都是我的責任。

所以這次，我一定會保護好媽媽。

＊＊＊

似乎永遠不會結束的墜落結束了，海未的潛水開始了。她決定無視潛水規則，回溯到所有海未之前的更早時刻，成為第一個抵達現場的人。那時候，第三次地震還沒發生。

她全速奔跑，朝位於東方的旅館前進。她看見了年幼的自己，神情焦慮地在街上徘徊。可憐的孩子。

緊接著四面八方響起了嘈雜的聲音。是緊急災難簡訊。她甚至不用看手機就知道是什麼內容。有人正在大喊呼籲人們逃跑。她沒有按掉手機的噪音，繼續前進。

她想到了雙胞胎。

真好奇。你們會怨恨我的選擇嗎？還是說，到目前為止都是你們計畫中的一部分？不過，這有什麼意義呢？現在你們甚至不會記得我曾經存在過。所有的這些記憶都會變得如同從未發生過一樣。

無論如何，這也算是一種幸運。身為阿姨，我還能替兩個可愛的姪子做點事情。我會創造你們想要的結局。但從現在開始，你們要負責保護你們的母親。別惹麻煩。別做危險的事情。也不要用刻薄的態度對待他人。拜託了。請讓我唯一的妹妹幸福，讓多未能夠微笑。

再見了。

是彌補遺憾的時候了。

她毫不猶豫地向自己走去，直到走到少女海未面前，擋住了正要逃跑的她的去路。四處茫然奔跑的少女海未視線聚焦在她身上。她直視年幼的自己的眼睛，露出了燦爛的笑容。

少女海未很快地皺起了眉頭。

然後——

海未閉上了眼睛，感到自己的存在像是暗紅色的泡沫一樣消散。

多未的世界

29

秀雅七歲時失去了父母。

母親工作的百貨公司整棟坍塌了，恰巧正在休假的父親也在那裡。電視不斷重播那座粉紅色建築崩塌的場景。

時間已經過去太久，只剩下零星的記憶。穿著黑衣的人群在葬禮上嚎啕大哭，奶奶緊緊握著年幼的秀雅的手坐在她身旁。秀雅不清楚到底是誰安慰了誰，奶奶的手不停地顫抖，秀雅用另一隻手覆蓋上去。

葬禮結束後，只剩下奶奶陪伴在她身邊。

此後，秀雅與奶奶一起生活。放學回家總能見到奶奶在家等著，奶奶會帶著微笑做出一頓有古早味的飯菜。在奶奶的悉心呵護下，她度過了一個無憂無慮的童年。其實她也不太清楚自己還缺什麼。

時光飛逝，十七歲那年，秀雅決定和賢秀交往。

她並沒有夢想過一段偉大的愛情，她從不相信命中注定的伴侶或是驚心動魄的羅曼史。賢秀讓她安心、愉快。她認為這足以成為開始戀愛的理由。

當周圍的人問到他們何時開始交往的時候，秀雅老覺得有些尷尬。因為他們之間從沒有過正式的告白。她與賢秀同年，兩人某一天就自然而然地牽著手走在一起。雖然把初吻那天作為開始交往的日子似乎太過俗氣，不過她並不介意。不需要刻意慶祝每個交往紀念日，相處起來反而更自在。

轉眼三年過去，她考上了大學。擅長體育的賢秀以運動績優生的身分入學，她則考上了夢寐以求的物理系。兩人在首爾重逢，從一開始住在宿舍到搬入寄宿家庭，再自己租房子，愈來愈自由。他們自然而然地在彼此的房間裡過夜。

第一次的經驗出乎意料地平淡，不如想像中的動人。她不明白為何全世界對那件事如此大驚小怪。能夠整夜緊緊相擁，感受對方的體溫，這一點還是挺好的。自從與奶奶相依為命後，她很少有機會這樣依偎在別人身邊。難道其他人都是在這樣柔軟的觸感中度過的嗎？不用擔心學貸或打工等問題的生活是怎樣的感覺？過去偶爾湧現的小小嫉妒，自從有了賢秀，一切都無所謂了。幸運的是，她沒有懷孕。這是件好事，又似乎不全是好事。

即將畢業的學期到來，賢秀以軍官身分入伍。因為這與未來不確定的運動員生涯相比更穩定。賢秀同時提出了一個建議：「我們結婚吧。」賢秀說會幫她賺研究所的學費，並拿出了一枚鑲嵌著醜陋綠色翡翠的戒指。世上怎麼會有如此俗氣的求婚呢？

即便如此，她為何會丟臉地流淚呢？淚水不由自主地流下，她無法明確地解釋淚水的原因是喜悅、悲傷還是孤獨。

賢秀入伍約一年後，兩人舉行了婚禮。許多身著軍裝的賓客紛紛前來，婚禮在奇異的劍舞儀式中結束。或許是因為賢秀是優秀的小隊長，許多已經退伍的軍人也來參加婚禮。她那邊的賓客僅有實驗室同事、教授。撫養她長大的奶奶已經在一年前離世。賢秀求婚的地點正是空蕩蕩的殯儀館。

也許是因為這個原因吧？在整個婚禮過程，她淚流不止，感覺異常的憂鬱。她至今仍然不知道自己為何流淚。

幾年後，夫妻倆按照計畫生下了孩子。是個女兒。他們將孩子取名為多未。秀雅決定只生一個孩子。她不清楚為什麼，但似乎這是很自然而然的決定。

賢秀晉升為中尉，平安無事地順利完成五年的兵役。他選擇退伍，而不是晉升為上尉。他說想多陪陪孩子，會負責照顧孩子，希望她能完成學業。

秀雅回到學校並完成了博士學業，還在一家研究所找到了工作。那是一間連名字都難以發音，由政府資助的研究所。這期間，賢秀當代理駕駛、快遞員、外賣員等，用辛苦賺來的錢做起了小生意。不知不覺間，多未已經長大，上了小學。

當釜山發生輻射外漏事故時，秀雅和多未正在首爾。對她來說，這場事故是離她很遙遠的事情。即使看見了事故現場，她也只是說：「好像發生了不幸的事。」冷漠地同情著受害者，彷彿那只是別人的事。

然而，她為什麼哭得這麼傷心？是為了那些在災難中喪生的孩子感到悲傷嗎？秀雅整夜尋找新聞報導，淚水不停地流。丈夫詢問原因，她也無法回答，一開口就暴發淚水，彷彿世界上發生了一個巨大的錯誤。不知何時，多未也抓著她的衣角開始哭泣。賢秀不知原因卻緊緊擁抱母女倆，陪伴著她們。

他們的生活既沒有經歷極度痛苦，也沒有極度喜悅。日常生活平穩無波，沒有過太大的起伏。曾經是秀雅夢想中的研究所工作，一旦真的加入了，也只是一份普通的工作，重複著平凡的事務。

當然，看著孩子成長帶來了特別的喜悅。當孩子翻身的時候；當孩子咿呀學叫「媽媽」的時候；當孩子笑的時候；當孩子開始走路的時候；當孩子從幼稚園帶回第一個「男朋友」的時候；和孩子第一次一起看海的時候；孩子拿回一百分考卷的時候；孩子在比賽中獲獎的時候；孩子畢業時並上了大學的時候，她都感受到了無與倫比的快樂。

奇怪的是，每次當有好事發生，她總會流下眼淚。尤其是在愈美好的日子，愈快樂的時刻，秀雅的情緒起伏就愈劇烈。多未也和秀雅有著一樣的情況。母女倆在這種奇妙的共鳴中，每次都會一起默默地哭泣。

多未平安無事地長大成人，跟隨母親的腳步，成為了一名物理學家。她甚至寫了與母親相同主題的畢業論文，繼承媽媽的研究。收到女兒的論文，看見上頭引用自己的名字，這對身為學者的秀雅來說，是一種特別的經歷。

當多未堅持要帶男友回家，並決定結婚時，她也無例外地感到有些不快。但作為父母又有什麼其他選擇呢？成年的孩子們彼此相愛，父母只能裝作不甘不願地同意婚事。多未舉行了婚禮，不久後生下一對聰明伶俐的雙胞胎。他們像極了他們的母親。每次看到兩個孫子玩耍時，她總是滿臉笑容，偶爾又會忽然變得悲傷。

＊＊＊

那一天像往常一樣，多未帶著雙胞胎來找秀雅。丈夫出差一週，多未撒嬌說打算在娘家住幾天。秀雅陪孫子們玩耍的時候，多未坐在餐桌旁切蘋果。可能因為獨自照顧孩子有些疲倦，多未切著蘋果，突然仰頭，按摩著腰部發出了聲音。

「真的要累死了。」

「妳現在當了媽媽，有沒有更理解我的心情？」

「媽，妳只有養我一個人，但養雙胞胎完全是另一回事，要消耗的精力不是只有翻倍，而是多了好幾倍。」

「可是妳老公會幫忙吧？」

「他絕對不自己一個人帶孩子，妳知道那壓力有多大嗎？」

「妳們都是我一個人養大的……」

秀雅突然停頓了。

「喔，不。妳還是嬰兒的時候，因為妳爸當時還在軍隊。」

她感到十分困惑，不知該如何繼續說下去，只好閉上了嘴。多未也是如此。沉重的沉默持續了許久，母女只是互相對視，表情有些尷尬。多未似乎終於下定了決心，把裝著蘋果的盤子推到一邊，說道：

「媽媽。」

「嗯。」

「媽媽，那個。」

「什麼？」

「算了，沒事。」

「怎麼了？有事直接說。」

「不是的。」

「什麼不是的？」

「我是說……那個。媽妳知道的。」

「嗯。」

「我們一定要記住的。」

「是啊，一定要記住的。」

「我們絕對不能忘記的那個。」

「絕對不能忘記。」

「但是……那到底是什麼？」

「我也好奇。」

淚水奪眶而出，母女倆毫無緣由地相擁而泣。驚慌失措的雙胞胎不知為何跟著哭了起來。賢秀下班回家後努力安慰他們，哭聲卻不曾停止。直到夜晚結束，直到太陽再次升起又落下。

大約就在那時，雙胞胎找到了她們。

為了與妳

相遇的

時間

30

2025——海雲臺

時間流逝，但世界並未終結。

究竟什麼時候才會出現悖論？海未皺著眉頭等待消失，但什麼也沒有發生。即使過了幾秒鐘，她也沒有消失。

叩、叩。

有人輕輕地敲了敲她的額頭。她嚇了一跳，緊張地縮了一下，又緩緩地抬起眼睛。眼前發生了難以置信的事。

媽媽在那裡。

媽媽穿著潛水服，頭髮稀疏泛白，站在少女海未的後面，一隻手遮住了少女海未的眼睛。

她感到心頭一陣痛，眼淚幾乎要奪眶而出。她竭盡全力想要呼喚媽媽，媽媽把食指放在脣邊，用口型無聲地說：「噓。」她緊閉了嘴。媽媽用下巴示意了一下旁邊。是要她躲起來嗎？她點點頭，按照媽媽的指示躲進了小巷。

「媽媽？是媽媽嗎？」

少女海未摸索著遮住自己眼睛的手問道。當她的手指碰觸到滿是歲月痕跡的皮膚時，少女海未吃驚地尖叫起來，開始掙扎。

「這是怎麼回事？妳不是我媽媽！這到底怎麼回事？」

「喔，對不起，我以為妳是我女兒。我看錯了。」

媽媽機智地演了一齣戲，然後從少女海未的臉上移開手，在少女海未回頭前，媽媽旋轉了腰帶上的旋鈕，消失，回到未來。少女海未不高興地四處張望，很快地回過神，開始朝地鐵站跑去。

叩、叩。

突然有人從後面輕拍了她的肩膀。又是媽媽。

「媽媽？妳怎麼會……」

「我回到未來，然後再次潛入到過去。為了避免相遇，所以繞道了……」

「不，我不是問這個！」

她瞬間回到了十五歲的自己，就像小時候那樣，不由自主地用撒嬌的語氣說話。媽媽微笑著。就像那天在火車上一樣。

「我的女兒長大了。」

「二十年後再見面，妳就只會說這個……嗚嗚。」

淚水毫無預警地湧了出來。她哭泣著，緊緊擁抱住媽媽。

「媽媽……媽媽……」

海未一遍又一遍地呼喚著媽媽，埋頭在媽媽的懷中。她發誓再也不會讓媽媽離開，絕對不會讓媽媽消失。媽媽似乎理解了她的心意，溫柔地撫摸著她的頭。

「對不起，海未。媽媽真的很想抱著妳很久很久，但時間不多了。」

海未這才想起自己正在潛水。未來改變了嗎？媽媽來自哪一個時空？回到未來後還能再見到她嗎？複雜的問題在她的腦海中盤旋，她慢慢放鬆下來。

媽媽輕輕地將她推出懷中。當身體分離的時候，她感覺像是心臟被撕裂了一樣痛苦。

「我很抱歉。」

「媽媽有什麼好抱歉的。」

「每件事，我都感到抱歉。」

「什麼啊，真正應該抱歉的人是我。」

她邊擦著眼淚邊哽咽地將這些話說出口。要是再說下去，淚水似乎又會湧出來，媽媽再次短暫地擁抱了她，輕輕地拍了拍她的背，安撫她。

「餘壓還能支撐多久？」

媽媽溫柔地問。海未看了看智慧型手錶。

「大概五分鐘。」

「夠了，跟我來。我一邊走一邊解釋。」

媽媽牽著她的手，開始往前走。海未在媽媽的引導下，小心翼翼地跟著。

「我們現在要去哪裡？」

「得先阻止敏洙。」
「敏洙？妳說鄭敏洙嗎？媽媽妳怎麼認識他？」
「怎麼可能不認識。我把他當自己的孩子一樣照顧。」
聊得愈多，她愈來愈混亂。
母女倆再次來到了三岔路口。距離第一次潛水開始還有一段時間。她們不慌不忙地走向老飯店大門。一進入大廳，媽媽就拿起一具乾粉滅火器，走進了走廊。令人驚訝的是，貨梯居然還在運作。她們搭乘電梯上了頂樓。
「我臨時安裝了電池，要是爬樓梯上來，我會累死的。」
還沒等海未發問，媽媽就先解開了她的疑惑。電梯按鈕下面貼了一個像是鈕扣電池的東西。
她們一走上頂樓，媽媽就把門關上，並躲在門旁。海未在另一邊，擺出了和媽媽一樣的姿勢。
「我會處理好的。海未，妳就安靜看著吧。」
剛說完，門就開了。媽媽動作敏捷地拉住了敏洙的手臂，並攻擊了他的後腦杓，敏洙來不及反應就失去了意識。媽媽奪走敏洙的步槍，轉動了他腰帶上的旋鈕，將他送回未來。
「跟我來。」
媽媽從頂樓的除雪工具箱裡拿出一個透明的圓筒，又拉出一條金屬管線連到了自己的腰帶上。她又拉出另一條管線，連接到海未的腰帶上。
「這是縮小版的鈴，可以當作輔助泡沫容器。使用這個可以在過去多停留約十分鐘。」
「居然有這種裝備嗎？」
她感覺自己像個傻瓜，一直被時間追趕。

「當然，沒有這些，我怎麼能成為潛水員。我都快六十歲了。」
「這些東西從哪裡來的？」
「多未做的。」
「媽媽妳開玩笑的吧，多未怎麼會做這個？」
「妳認識的多未和這個多未不一樣嗎？也是，畢竟時間線有很大的分歧。」
「時間線分歧？這又是什麼意思？時間不是會被覆蓋的嗎？」
「是雙胞胎那麼說的嗎？」
海未啞口無言，但媽媽沒有進一步解釋。相反地，媽媽帶著她走到了頂樓的欄杆邊。
「從這裡觀察，妳就會明白發生了什麼，而我們又正在經歷著什麼。」
海未專注地看著三岔路口。不久，一號海未和過去的媽媽就會出現。那個反覆到令人作嘔的場景即將再度上演。
但她發現了一幕奇異的景象。
一個黑衣人走向三岔路口，將一根釘子釘在地上，然後另一個人出現，鋪好了破損的道路磁磚。那個人一走，三號海未就跑過來拔出了釘子，緊接著一號海未撞上了過去的媽媽。手機落地的瞬間，她清楚地看到了。兩邊的黑衣人同時靠近手機，就在穿帽T的女人要踢開手機的那一刻，二號海未及時出現阻止了她。手機仍然留在原地。
類似的事情接連發生。有人在媽媽的行進路線上設置了類似透明釣魚線的東西，海未幫助被障礙物絆倒的媽媽站起來；另一個人干擾媽媽時，這次輪到海未阻止了他；海未設下障礙物時，有人繞道而行；海未放火時，附近就會出現滅火器。每當海未潛水，總會有另一個潛水員出現，並阻礙她。

從高處觀察這一切，一切變得清晰。

「那個人……是媽媽？」

「嗯，是我。」

「為什麼要那麼做？為什麼阻止我？」

「為了救妳。」

「媽媽在胡說什麼？媽媽為什麼要救我？」

媽媽沒有回答，而是將帶來的滅火器扔向了三岔路口，用步槍瞄準了滅火器。海未察覺到媽媽的意圖。少女海未不久後就會發現媽媽的存在，媽媽又想阻止了。

「媽媽！不要，不可以！」

儘管她大聲呼喊，但媽媽毫不猶豫地扣下扳機。滅火器爆炸，三岔路口被濃煙籠罩。過去的母女倆全身沾滿白色粉末，未能相遇，擦肩而過。所有的努力再次付諸東流。海未緊抓住媽媽的衣領，搖晃著她。一切突然變得可恨。媽媽為什麼總是阻止我？到底為什麼？

「到底為什麼這麼做！為什麼！」

「我說過了。為了救妳。」

海未感到頭暈目眩，她鬆開了媽媽，慢慢地坐倒在地上。她靠在欄杆上，扶著額頭。她本以為媽媽開槍的那一刻會出現悖論。她害怕自己、媽媽和多未都會一起消失。但幸運的是，悖論似乎並沒有發生。但媽媽是如何避免悖論的？

「我不明白。影響了過去的自己不是就會引發悖論嗎？」

「是雙胞胎那麼說的？」

媽媽漫不經心地反問道。

「如果是自殺就不會引發因果循環悖論，只會留下死亡的事實，未來則會全部被刪除。」

「究竟因果循環悖論是什麼？」

「被困在時間循環中的人並不會固定在一種狀態。因為過去會改變未來，未來也會改變過去。當過去和未來不斷相互影響，產生震動時，宇宙就會認為該存在是錯誤的，並將其刪除。因為現實必須確定為一種狀態。這就是因果循環悖論。被困在時間循環中——就像剛才差點發生在妳身上的事一樣。」

媽媽的臉看起來有些疲憊。

「海未，我們都被困在循環中，所以才會像這樣……無止境地相互折磨，不斷地重複這個循環。」

「媽媽，妳到底經歷了什麼？」

媽媽手中的圓筒突然破裂，她急忙將圓筒扔到地上，圓筒瞬間變成暗紅色的泡沫，消失不見。餘壓不足。餘壓不足。智慧型手錶震動，並發出警告訊息。媽媽一邊從海未的腰帶上拆下管線，一邊說道：

「保護泡沫用完了。海未，妳現在必須回去了。」

「我在未來還能見到媽媽嗎？」

媽媽搖了搖頭。

「不行，在那裡見不到。因為我們出發的時間線不一樣。」

「那我不回去。我不能回去。我要怎麼樣再次見到妳？」
「很快的，另一個妳就會到這裡來。在那之前我們必須快點離開。」
「那我們去別的地方。去別的地方繼續談。我絕對不能就這樣放開妳。」
海未拚命地抓住媽媽的袖子，感到不安，害怕如果現在放手就再也見不到媽媽了。她的手腳無助地顫抖著，淚水似乎又要掉下來。
媽媽堅定地握住了海未顫抖的手。顫抖如奇蹟似的停止了。媽媽攤開了海未的手掌，把一部纏著耳機線的舊手機放到她的手掌上。海未茫然地接過了手機。手機螢幕破裂的模樣很熟悉，是她那天遺失的手機。
「這個……怎麼會？」
「我從現場撿回來的。妳好奇的一切都錄在裡面了，妳回去聽聽看，聽完之後就回到這裡。事故發生一分鐘後，在對面的大樓再見。」
但海未仍然猶豫不決。
「不會有事的。我們一定會再見。我保證。」
媽媽微笑著伸出小指。真尷尬，伸什麼小指？海未緊緊握住媽媽的手說道：
「我一定會再回來的。那時候，媽媽要多告訴我一些事。」
「好。」
海未轉動了腰帶上的旋鈕。她的身影瞬間消失。
＊＊＊

海未消失後，秀雅迅速躲到頂樓的角落裡。不久後，另一個海未出現在頂樓，環顧四周，發現了地上的步槍。海未一臉絕望地咒罵著，返回未來。秀雅暗中觀察女兒的身影。無論重複多少次，她都無法適應這種情景。像往常一樣，無盡的遺憾從心底湧起，彷彿有什麼東西卡在了喉嚨，感到窒息的她深吸了一口氣，輕輕地拍了拍衣襬。

她探頭看向欄杆下方。下方依然有無數的秀雅和海未在海雲臺四處奔波。她們呼吸急促，受傷，為了彼此而奮不顧身阻擋彼此。

海未，對不起，是我讓妳受苦了。

「怎麼樣？事情會按計畫進行嗎？」

背後突然傳來了聲音。看來多未來了。秀雅沒有轉身看多未，而是抬頭望向遠處的天空。太陽已經下山，天色逐漸變暗。

「嗯。要一直演到最後才知道。」

秀雅的世界

31
新的錄音_6.m4a

海未，妳在聽嗎？

是媽媽。

我不知道該從哪裡說起。多未特別叮囑我，千萬不要說我不知道該說什麼，但當我真的開始錄音時，我真的不知道該從哪裡開始。我已經等待這一刻等了二十年，我以為現在可以開口了，卻發現並不容易。真奇怪。我還在猶豫。這真的很奇怪又很荒謬。

不管了，我就直接說吧。

海未，對不起。為了這一切。我非常抱歉。

我失敗了，太多的失敗不斷累積，現在我不知道該怎樣挽回。我為妳做了我能做的一切，然而結果還是這樣。對不起，我也沒想到我們會以這種方式結束。

從現在開始我要說的話，可能不是很愉快的內容。但我認為我至少要告訴妳，妳有權利知道我是什麼樣的人。也許我的記憶很快就會消失，請妳聽我說一下我吧。

可以聽見媽媽深深地吸了一口氣的聲音。

媽媽在顫抖。

海未，妳是個意外的生命。

當我才二十三歲的時候，從沒考慮過結婚這件事，突然發現懷了妳。我非常慌張，不知道為什麼這種事會發生在自己身上。

說實話，我一開始想要打掉妳，但妳爸爸堅決反對，說他會承擔一切責任。他根本沒有能力，不知道憑什麼這麼說。他怎麼承擔，有什麼資格承擔別人的人生？最後他很快就離開了。我至今仍怨恨著他。

最終我們結婚了。妳爸爸成了一名軍人，我則不得不輟學。

不過，妳爸爸還是一個有強烈責任感的人。為了彌補錯誤，他願意做任何事。我沒想過他會突然離開。他說他要賺大錢，只有這樣才能好好養活我們，所以沒有和我商量就出國了。我並不是想讓他用那種方式承擔責任。儘管我哭著阻止他，但他還是遠走他鄉了。

其實我只知道妳爸爸是軍人，並不知道他具體是做什麼的。他從沒告訴過我他在哪裡，和誰在一起。我只是隱約猜想他可能做著電影中常見的那種工作。我從未想過他在做那麼危險的事。

我記得接到妳爸爸戰死消息的那天，我先把妳送去幼稚園安頓好，然後獨自痛哭。那時，我才二十六歲。還是一個年輕的女孩。一個還沒長大成人就懷孕的懵懂少女。那時多未還沒出生。

我就這樣失去了一切。

說實話，我很煎熬。因為從來沒有人告訴過我會經歷這樣的事。這個世界只教導過我，我長大後會找工作、結婚、生子、然後變老。沒人告訴過我，如何應對偏離常規的生活，沒人告訴過我該如何繼續生活。我在完全沒有任何資訊的情況下，不斷重複著無法預測結果的選擇。也許這些選擇會對妳們產生終生影響。

海未，我也是第一次當媽媽。

我知道，媽媽也盡力在堅持著。

我也是這樣。

有時候，我覺得妳像是來奪走我的生活的掠奪者，老實說，我也曾怨恨過妳。雖然妳很可愛，我也愛妳，但同時我也恨妳。妳就像永遠無法觸及的地平線，無限接近卻永遠無法碰觸。

我對妳的愛是無限的，卻永遠無法完全擁有妳。妳總是讓我感到陌生。

哈哈，我是不是很失敗，沒有當媽媽的資格？

海未，即使如此，妳依然是個可愛的孩子。當妳從午睡中醒來看著我的眼神，是多麼可愛。雖然有些陳腔濫調，但妳真的是個天使。我別無選擇，只能愛妳。妳拖住了我的生活，奪走了我的夢想，但我還是不得不愛妳。

海未，妳很像爸爸，天性愛冒險。妳總是想往高處爬，家裡的每一件家具不爬上去不罷休。每次出門，妳一定會受傷，所以我總是擔心地盯著妳，無法移開視線。

當妳說妳想成為射擊運動員時，我真的很驚訝。雖然我沒說過，不過其實妳爸爸也曾是一名射擊運動員。我很討厭「血緣是騙不了人」的這句話，但或許真有其事。妳長大後愈來愈像妳爸爸，總是尋求新的挑戰，總是被危險的事物吸引。我很擔心妳。老實說，當妳開始要自由奔跑時，我真的很害怕，感覺心臟都要停止了。即使現在，我也無法放心地看妳的影片。儘管那是我現在唯一能見到妳的方式。

現在想想，我之所以想把多未送到江原道的明星學校，也是因為這個原因。我想如果我們搬離這座城市，妳就不會在高樓大廈中跑來跑去了。至少妳不會摔下高樓。

我沒有像妳那樣活過，我只是安靜地兩點一線往返於學校與家裡，從不敢冒險。我連做夢都沒想過像自由奔跑那樣的事情。我想這就是為什麼我特別不擅長和妳溝通。我每天都很害怕，害怕妳會像妳爸爸一樣離開我……。

媽媽沉默了許久。

可能是在哭泣。

海未沒有快轉錄音檔，而是耐心等待著。

我想這就是我更加嚴厲的原因。我想強迫妳走上安全的路。我想讓妳做好準備。因為我所經歷的世界總是被拒絕的世界，總是有人死去、受傷、被拋棄的世界。回想起來，我似乎從來沒有對妳說過任何好話，總是用嘮叨來嚴厲地束縛妳。

當妳生氣地鎖上門時，我真應該去敲門。假使我為自己過分的話語道歉，告訴妳我永遠支持妳，我們就不會經歷這一切了。為什麼那時我做不到呢？

我一直認為自己不能表現出軟弱的模樣。父母不應該在爭吵中服輸。我不知道自己為什麼會有這種奇怪的想法，那時我太軟弱了，我感覺只要稍微露出動搖的樣子就會崩潰。每個人都說母親是堅強的，但為什麼只有我這麼軟弱？我不斷地照鏡子，責備自己。

是我沒有勇氣，所以多未代替我鼓起了勇氣。她提議我們晚上一起去海邊，說看海會讓人心情變好，要我在那裡與妳和好。她是個聰明的孩子。是我猶豫不決。我在火車上一直裝睡，躲著妳。我就這樣逃跑了，把妳留在旅館。

事故發生的那天，我不是故意在咖啡廳和妳吵架的。其實我想道歉，奇怪的是，事情總是朝著我不想要的方向發展。我還讓妳說出了那些糟糕的話。

我知道那些話並不是妳的真心話。我本應該擁抱妳，安慰妳的痛苦。對不起。我不是個溫柔的媽媽。我是個很糟糕、很差勁的人。

如果非得替自己找藉口，我只能說我真的非常疲憊，我被逼入了絕境。妳爸爸留下的保險金用完後，無論我多努力工作，債務還是愈來愈多。隨著年齡的增長，我能做的工作愈來愈少，因為沒錢，我已經很久沒有去領憂鬱症的藥。

是的，這些都是藉口。我有什麼理由能將那件事合理化呢？我不該對妳說出那句話。

「要是沒有生下妳，我也……」我還沒說完就後悔了。我立刻意識到自己犯了多麼嚴重的錯誤。因為我看著妳的眼睛說出那句話時，妳的表情不是震驚，相反的，妳的眼裡充滿了肯定，彷彿妳懷疑一輩子的最陰暗的祕密總算得到了證實。直到那時，我才意識到自己做了什麼。

問題不僅僅出在一句話。在妳說長不長、說短不短的十五年生命中，我造成了妳無數的傷痛。我把對妳爸爸的怨恨與埋怨都傾瀉在妳身上。那些本該由我自己承擔的痛苦，那些我絕不應該表露的情緒，我卻沒能做到。我是一個失敗的母親。

不是這樣的。

海未在心裡反駁。

32

2025——海雲臺

「我不希望人生過得像媽媽一樣無趣！」

我不想再聽見妳這麼說了，海未，停下來，不要再說了。

「我不想見到媽媽。不要再干涉我的人生，滾開！媽媽最好去死！」

我感覺腦海中的某樣東西突然斷裂，世界從眼前消失，只剩下我一個人。女兒在說話，但我聽不見。

都是因為妳。

秀雅不知不覺舉起了手卻又無力垂下。這樣做又有什麼意義呢？我的人生已經無可挽回地被毀掉了。就算我現在想改變些什麼，又能改變什麼呢？已經太遲了。我的人生在那時就已經結束了。

妳不想過無趣的人生嗎？妳不想像我一樣？妳以為只有妳那麼想嗎？我也是。我也不想像我一樣生活，我也有想做的事，我也……。

「要是沒有生下妳，我也……」

話剛說出口，我立刻嚇了一跳，趕緊閉上了嘴。這是一個可怕的錯誤。我不知道該說什麼彌補。我自責，猶豫了好半晌。

就在這時，第二次地震發生了，裝滿冰美式咖啡的杯子倒下，把桌上染成一片黑。秀雅急忙扶起杯子。

嗶——

緊急災難簡訊晚了一拍才響起，內容是關於附近發生了地震。秀雅一看到簡訊，就立刻從座位站了起來。

「我們快回旅館吧，我很擔心多未一個人在房裡。」

「嗯，多未一定很害怕。」

母女倆鬆了一口氣，慶幸尷尬的氣氛被化解了，匆忙地走回旅館。

***

人們很快就恢復了平靜，彷彿不曾發生過地震一樣，只有她感覺到事情的嚴重性。

秀雅討厭收到災難簡訊。因為那段文字總是勾起她不愉快的回憶。人們說死亡總是有原因的，但事實並非如此。死亡可能隨時降臨到任何人身上。她透過兒時父母的死亡痛苦地學會了這個事實。她覺得只有盡快離開這裡才能安心。

「媽媽！」

多未在她背後生氣地說道。

「我們還沒看到海，為什麼要走！」

秀雅蹲下來，和多未平行對視。

「多未，我們下週再來。媽媽保證。」

她伸出小指，但多未還是嘟著嘴不開心的表情。

「為什麼不能快速看一下？地震好像結束了。」

海未說。秀雅搖搖頭。

「不知道為什麼，我心神不寧，返程的班次不多，我們今天早點回去，下週再來。真的，我保證。」

「真的嗎？」

「當然。」

多未不情願地勾了小指。

三人收拾行李離開了旅館。外面依然很平靜。海未抱怨別人都沒反應，為什麼媽媽總是大驚小怪。

「啊，對了。」

朝著地鐵站走了快一半的路程時，海未突然停下了腳步。

「不好意思，媽媽，我回去住的地方一趟，我們等一下地鐵站會合。」

「怎麼了？」

「小事情。我很快就回來。我用跑的，很快。」

海未說著，留下行李箱就跑了。

「海未！」

她朝著海未的背影大喊，但海未很快就消失在人群中。秀雅抱怨著，但沒有追上去。海未雖然讓人生氣卻是個比自己堅強又可靠的女兒。她相信女兒不會迷路。秀雅帶著多未繼續朝地鐵站走去。

「媽媽。」

多未握住了她的手說。

「怎麼了？」

「妳們和好了嗎？」

「嗯……還沒有。」

「回家之後，妳們一定要和好。如果妳們能和好，就算下週不能來看海，我也沒關係。」

秀雅猶豫了一下，小女兒這時候伸出了小指。

「答應我。」

「好，媽媽答應妳。」

她無奈地勾了小指。

「媽媽，我們可以等姊姊回來，再一起走嗎？」

「好，我們等她。媽媽發訊息給姊姊。」

秀雅拿出手機，傳了訊息給海未。

＞＞我正要過去那裡。妳留在房裡，免得我們錯過。

秀雅帶著多未開始返回旅館，她覺得三人一起行動會更好。如果可以的話，她還想快速去看看大海。如果有機會的話，她還得為剛才的話道歉。

但就在這時，地震再次發生。是迄今為止最強烈的第三次地震。秀雅顫抖著抱住跌倒的多未，多未躲進她的懷裡，放聲尖叫。

嗶——

緊急災難簡訊再次響起。這次是六．二級地震。地震變得愈來愈強。她感覺不對勁，開始擔心起獨自一人的海未。

海未到底回去拿什麼東西？我剛才應該阻止她的。

嗶——

緊急災難簡訊接二連三地傳來，內容變得愈來愈嚴肅。

〔國民安全處〕 古里1號燃料廠房發生火災放射性物質洩漏事故，洩漏半徑為三十公里，請民眾立即躲避。

〔釜山廣域市〕 地鐵2號線緊急列車運行通知（每隔一分鐘發車）

人們開始竊竊私語，恐懼感蔓延。在恐慌中很難做出正確的判斷。她唯一能想到的就是必須盡快離開這裡。混亂的人群像退潮一樣從海雲臺湧出。秀雅陷入了猶豫。是去接海未呢？還是先把多未帶到安全的地方？

街上擠滿了擁擠的危險人潮，我能帶著多未逆人群而行嗎？秀雅擔心多未會拖慢腳步，無法快速移動。如果失去多未怎麼辦？如果連多未也陷入危險又怎麼辦？

秀雅不知道什麼是正確的選擇卻又必須做出選擇。秀雅放下行李箱，抱起多未。

「多未，我們快點去地鐵站吧。」

「那姊姊呢？」

「媽媽先帶妳去安全的地方，然後再回去接姊姊。」

多未掙扎著反抗，但秀雅不理會她的抗議。

到達地鐵站時，她突然想起自己已經傳了簡訊。她擔心海未真的在旅館等著。她將多未安置在附近的長椅上，小聲地交代女兒。

「多未，妳可以在這裡安靜地等媽媽嗎？如果媽媽遲到了，妳就自己先搭上地鐵。那邊的軍人叔叔會保護妳。」

「不要！媽媽不要走！」

秀雅彎下腰，緊緊地抱住了多未。

「多未，我們三個都要回家。媽媽一定會帶姊姊回來的。」

多未聽到她說會帶姊姊回來，低下了頭，緊握著拳頭，盡力壓抑內心的恐懼。

「媽媽很快就會回來，對不對？」

「多未真乖，媽媽很快就會回來。」
秀雅輕撫多未的頭後站了起來，接著走向一名似乎是負責人的軍人。幸運的是，對方的態度很親切。
「需要幫忙嗎？」
「您看到坐在那裡的孩子嗎？那是我的女兒。請您幫我照顧她，如果我十分鐘後還沒回來，請一定要讓她上車。」
「那您呢？」
「我大女兒還在外面，我得去接她。」
「現在外面一片混亂，您可能會回不來。我們也不確定列車還能運行多久。」
「我知道，但我別無選擇。」
軍人點了點頭。
「……我明白了。希望您能平安歸來。」

***

海未真的自己在房裡乖乖地等待嗎？
秀雅一出地鐵站就拿出手機打給海未，但電話無法撥出。她嘗試發送簡訊，全部顯示發送錯誤。她沒有辦法，只能親自過去。假如全力奔跑的話，不到五分鐘就能到。
她擠過混亂的人群向前走去。她穿越小巷抄了捷徑，去旅館的路途卻異常艱難。她不只一次與人撞上肩膀，好不容易到了旅館附近，總算發現了女兒的背影。秀雅從遠處一眼認出了畫著翅膀的黑色夾克。海未正在隨著人潮一起移動。秀雅慶幸女兒沒有靜靜地待在房裡。

唉，不出所料，海未怎麼可能乖乖聽話。

「海未！閔海未！」

她高喊女兒的名字，試圖靠近，但要穿過擁擠的人潮並不容易。愈來愈多人開始奔跑，海未也跟著他們起步。要追上海未變得困難。秀雅盡力跟上海未的腳步，想看看海未的臉。但兩人之間的距離並沒有縮短。

秀雅很快地又回到了地鐵站，因為樓梯上大排長龍，她錯過了女兒的身影。秀雅抱住朝自己跑來的多未，四處尋找海未，海未卻不見蹤影。

「多未，妳看到姊姊了嗎？她應該已經到了。」

「姊姊？」

多未環顧四周，然後指著某個方向。

「那個人是姊姊嗎？」

翅膀出現了。海未正在下樓梯朝月臺走去。秀雅帶著多未走向月臺。

當她們下到月臺，海未已經上了車，她還是只能看到海未的背影。沒看見海未的臉讓她感到不安。多未似乎也有同樣的感覺，不斷催促她。

「媽媽，我覺得那個人不是姊姊。」

「多未，別擔心。那是姊姊。」

「但是為什麼她都沒有看我們？我覺得她不像姊姊。」

「媽媽去看一下。」
秀雅離開隊伍，走向列車，但軍人們擋住了她。
「這位女士，請排隊。」
「我只是看一下我女兒是不是上了車。」
但軍人的態度很堅決。
「您不能上那輛車。門已經關了，馬上就要出發了。」
「我不是想上車，我只是想確認那個孩子是不是我女兒。」
「到達目的地再確認吧。如果您現在離隊，您會錯過下一班車。」
正當他們爭執之際，發車了。秀雅只能眼睜睜地看著海未離開。她與多未無奈地等待下一趟車。不久後，下一班車到了。門一開，人們就擠進車廂，秀雅和多未也安全地上了車。直到上車前一刻，多未還是憂心地問：
「媽媽，姊姊呢？」
「媽媽看過了，姊姊搭前面那班車走了。」
「妳騙人。」
多未哭泣著搖頭。
「那個人不是姊姊。」
「那是姊姊。媽媽看過了。」
她想要相信。她必須相信。她努力安慰自己，緊緊抱著多未。軍人的呼喊聲傳來，告知即將發車。

「不行，媽媽！我們不能離開！姊姊還沒來！」

軍人發出訊號，嘟的一聲，門關了。但就在那一刻——

「不！」

多未突然把腳伸進門縫。一切發生得太快。多未想阻止發車，但和平常不同的是，門沒有重新打開。

列車緩緩地發動，恐慌的人潮蜂湧而至，拍打車窗。多未的腳仍然被夾住。一隻腳懸於列車外。多未嚇得全身顫抖，秀雅用盡全身力氣拉著多未的腿，但毫無動靜。

「請停車！孩子的腿被夾住了！」

無論她怎麼呼喊，列車都沒有停下的跡象，反而速度愈來愈快。一陣寒風從門縫中灌入，母女倆聲嘶力竭地哭喊、求救。

列車剛駛入黑暗隧道的瞬間，就聽見什麼東西折斷的聲音。隨之而來的是，車廂內迴盪的驚恐尖叫。

＊＊＊

秀雅在馬山附近尋找海未時，一直沒看見那件帶有翅膀圖案的夾克。無論是在體育館內外，她都找不到海未。她不得不背著昏迷的多未，找了幾小時。

繞了好一陣子，她好不容易發現一個穿著類似衣服，類似髮型的女孩後，秀雅將多未放在地上，像瘋了一樣衝過去抱住那個女孩。

「海未！」

直到這時，那個女孩才第一次轉過頭，秀雅眼淚正要流下之前，瞬間愣住了。

「妳是誰？」

不是海未。

只是一個穿著相同衣服，髮型相同的陌生女孩。

「對不起，我以為妳是我女兒……」

秀雅失望地坐倒在地上。穿著翅膀圖案夾克的女孩像看怪人一樣看了她一眼後，快速離開了。秀雅的大聲呼喊引起了周圍的注意。人們都用異樣的眼光看她。那些眼光似乎都在責備她。就連她自己也不明白，她怎麼會認錯自己的女兒呢？妳還算是個母親嗎？她不斷地責備自己，哭得撕心裂肺。

幾天過去，海未還是沒有出現在體育館。秀雅跑遍了全國各地的醫院，想看看海未是不是被送到其他地方，但卻不見海未的蹤影。幾週後，秀雅母女只能回到馬山，進入了混亂的避難所，和其他難民與受害者遺屬一起搭建帳棚。

這是一場巨大的災難，死亡人數達到數千名，光是清理現場的屍體就花了近一年的時間。秀雅和多未在體育館的帳棚裡住了整整一年。曾經整潔的體育館現在到處都是長期居住的痕跡。地板上鋪滿了墊子，到處都是空的寶特瓶與酒瓶，角落堆滿了髒衣服和被子。人們像是無法好好洗澡一樣，在這骯髒的環境中度過時間。

隨著找到罹難者屍體的遺屬一一離開，體育館漸漸變得空蕩，剩下的人愈來愈焦慮。最初人們擔心自己的親人變成屍體，後來開始擔心如果連屍體都找不到那怎麼辦。雖然這聽起來荒謬，但人們甚至會因為找到屍體而慶祝，找到屍體的家庭則表達謝意。人死了有什麼好慶祝的？我們又有什麼好感激的？秀雅覺得自己可能真的瘋了。

在災難善後接近尾聲，海未的屍體才終於被發現。奇怪的是，她人就在旅館。由於已經完成了退房手續，所以在搜尋時似乎被推遲了。她用濕毛巾堵住了窗戶和門縫，一直待在房裡等媽媽。平時不聽話的她，偏偏這個時候聽了媽媽的話。秀雅覺得一切是如此荒謬又可笑，以致於想哭都哭不出來。

負責人平靜地問她是否要確認女兒的屍體，並告訴她由於受到輻射影響，皮膚幾乎完全脫落，加上屍體嚴重腐敗，已經辨識不出臉龐。秀雅和多未商量後，決定不看屍體，保留海未最後美好的形象。她面對著被麻布緊緊包裹，無從分辨出是不是自己女兒的屍體，看著遺體被密封在厚重的鉛塊中，再用水泥封存。

令人驚訝的是，竟然有些人參加了葬禮：海未的同學、老師，還有自稱是「貓翼」粉絲的人。那些看起來和海未毫無交集的面孔，時不時出現，緊緊握住秀雅母女的手後離去。

秀雅打開手機，進入了海未的直播頻道。留言板上貼滿了擔心海未的留言，大家都祈禱她要活著，希望她能平安地回覆留言。有人張貼了海未的死訊，而那下面則有數百條悼念的留言。即使過了一年，仍然有人記得海未，繼續悼念她。

海未，妳得到了許多人的喜愛。媽媽卻不知道這件事。

坐在她旁邊的多未也在看手機。多未默默地打開了一部影片，遞給了她。是粉絲保存的一段海未的直播影片。海未在某座大樓的屋頂休息，和粉絲交流。

影片中，海未看著鏡頭說道：

——什麼？拿到錢之後我要做什麼？我會全部給我媽。我媽真的很可憐，她有很多想做的事卻什麼都沒辦法做，一天到晚想著省錢。

——哇，真是的。我不是在經營好女兒人設啦，如果我說謊，我就讓你們打手腕。

看到海未笑著拍打自己手腕的那一刻，秀雅終於忍不住哭了出來。

33
新的錄音_13.m4a

海未，有些悲傷存在於時間之外。

無論時間過去多久，它們永遠不會從記憶中消失。

對妳的記憶，現在已經在我內心形成了一個巨大的重力場。我被這團密集的物質質量牢牢地吸引，永遠無法擺脫它的重量。在這裡，連光線都被遮擋，什麼也看不見。空蕩蕩的真空吞噬了所有的聲音，我只能沿著事件的地平線盲目地徘徊。

一開始，光是走進妳的房間就需要極大的勇氣。從那之後，我就盡量不進妳的房間。我試圖清除掉留有妳痕跡的所有物品，想將妳當成一個未曾存在過的人。我努力地嘗試忘記妳，但沒有用。我無法忘記妳。

妳知道妳死後，我第一個想到的是什麼嗎？

我後悔沒有買直播用的空拍機給妳。我問多未，原來那個東西不貴。妳從來沒有要求我買任何東西，妳是第一次向我開口。妳說妳真的很想要空拍機，那種東西算什麼，買給妳又有什麼關係呢。

只要一有時間，我就會看妳上傳的自由奔跑影片。

坦白說，我心裡不太舒服。因為妳在影片中總是很辛苦。聊天室視窗裡的殘忍留言，又讓妳受到了多大的傷害呢？那些批評妳外貌的留言，把妳和男性運動員相比，貶低妳的話語，有多傷害妳的自尊呢？那些嘲笑妳，甚至擷取妳跳躍時的呻吟聲，在聊天室播放的噁心的人，妳是怎麼忍住不罵他們的呢？

到頭來，我們都在進行著相同的戰鬥。雖然方式不同。

海未，我也曾經想成為愛達．勒芙蕾絲[20]或凱薩琳．強森[21]那樣的人，在科學史上留名。當我說我要成為一名物理學家時，每個人都對我說同樣的話：「女性的大腦不適合數學和物理。」每次走進男生比女生多十倍的教室，我都感到窒息，感覺證明某件事的責任都壓在了我的肩上。

妳也是這樣吧。妳一個人一定承受了很多壓力。如果我能對妳更溫柔一點就好了。我應該支持妳做的事情，應該多說一點好話，哪怕只是一句我愛妳，哪怕至少說過一次也好。但最後

20 英國數學家兼作家，並被認為是史上第一位程式設計師。

21 數學家暨物理學家，被視為最早在美國NASA工作的非裔女性科學家之一。

妳遠離了。現在即使說幾百遍我愛妳也沒有任何意義了。

沒關係，我們現在這樣子相遇了。

我們又重新找到了彼此，不是嗎？

海未，妳妹妹比我承受了更多的痛苦。她因為腳受傷了，走路不方便，卻還是每週去妳的墓碑前好幾次。她忘不了妳，很痛苦。不管我怎麼勸她都沒用。

一開始，她拒絕去上學，我勸了她好幾年，她不聽。突然有一天她參加了學力鑑定考試，輕而易舉地考上了大學，說想成為科學家，讓妳復活。那麼聰明的孩子難道不知道那是多麼荒謬的想法嗎？或許沒有這個理由，她找不到活下去的意義。

幾年前，她結婚了，她帶回家的丈夫看起來有點傻，但不是壞人。她突然說她懷孕了，生下了雙胞胎。

不過她的婚姻沒有維持太久，最終離婚了。她丈夫帶走了雙胞胎。從多未削瘦的臉龐我就能看出，她的婚姻生活並不美滿。

雙胞胎找上門來的原因也是如此，他們也希望將充滿傷痕的童年重新來過。妳可能已經知道了雙胞胎是妳姪子的事。閔輝和閔賢。他們從母姓。看來他們和父親生活的日子也並不幸福。

那兩個可愛的孩子，從遙遠的未來來到我身邊，並竊取了我們不太了解的時空旅行技術。起初我不相信，但最終我被他們說服了。其實，最先被說服的是多未。她一見到他們就認出是自己的孩子。

我們開始修理雙胞胎帶來的半壞的潛水機，雖然我們並不全然理解潛水機是如何實現時空旅行，也經歷了幾次失敗，但最後還是成功了。

妳所知道的時空旅行守則，是我們制定的。我們四人一起改良了時空旅行裝置並制定了一些規則。我們制定的守則可能傳到了未來，又再次傳到妳那裡。我不太清楚這是怎麼辦到的。時間是如此複雜的概念，要想全面理解與解釋這一切似乎是天方夜譚。

媽媽暫時緩了一口氣。

第一次潛水成功後，我就前往當時入住的旅館。我很好奇妳為什麼要回去，我想知道妳究竟把什麼東西忘在了房間，我認為妳可能已經帶走了那東西，所以並沒抱太大期待。

但它就在那裡。妳親手寫的道歉信。

我從沒想過會在我的枕頭下找到那樣的東西。在多未和我去看海的時候，妳自己在旅館裡寫了那封信嗎？起初我是那樣想的。但仔細想想，似乎不是這樣的。房裡沒有筆，妳的遺物中也沒有找到筆。或許那封信是妳從家裡帶來的，也許那封信妳放在懷裡已經很久了。當妳走進房間鎖上房門的時候，妳在裡面並不是在生氣，而是在寫信？或許當我在咖啡廳對妳說不好聽的話時，妳也在想著那封信？

如果我早點發現那封信，我們就不會經歷這一切了吧？

我愈想就愈厭惡自己。

讀完妳的信後，我衝動地發了一封訊息給妳，要妳別在旅館等，快點去地鐵站。雙胞胎說會改變過去的事情需要謹慎，但那一刻我實在忍不住。我必須想辦法拯救妳。

我就這樣開始改變過去。

34

2025——海雲臺

似乎永遠不會結束的墜落結束了。秀雅的潛水開始了。

這已經是第二十三次。她衝動地發訊息阻止海未前往旅館，但困惑的海未徘徊了許久，錯過了時機。她必須精準地微調，確保少女海未不會選擇錯誤的路線。她移動了招牌，改變了指示牌的方向，有時耳語，有時遠處呼喊，製造危機感。縱使經歷無數波折，幾乎精疲力盡，她還是堅持下來了。因為成功已近在眼前。

秀雅就這樣成功地引導少女海未進入了捷徑，也就是通往旅館的小巷裡。現在只需要確保海未不偏離這條路，她——過去的自己，以及海未的相遇就指日可待。計畫進入了最後階段。

她一到達過去，立刻沿著西大路，徑直向南走去，比少女海未早一步抵達小巷。她用一個大型落地招牌擋住了小巷，並藏在後頭。被路障擋住的少女海未沒有改變方向，而是繼續向前走。

她將落地招牌放回原位，緊跟在少女海未身後。這次成功了。過去的自己和少女海未擁抱在一起，看著母女兩人牽手返回地鐵站，她心中高呼著勝利。

但這股不祥的預感到底是什麼呢？

她感到不安，決定在過去多留一段時間，跟著兩人。只有看到母女安全逃離，她才能放心。

母女倆安全抵達地鐵站，秀雅跟在她們後面走進了地鐵站。車站裡有許多熟悉的面孔，大多數是在體育館裡認識的人，她瞥見了和父親在一起的敏洙。她知道敏洙的父親將在這裡死去，但眼下她無能為力，只感到無比遺憾。一旦歷史改變，所有這些關係都將如同未曾存在般，我們不會再停留在體育館，會回到首爾。在這麼多人中只有我們能逃脫。秀雅既愧疚又鬆了一口氣。

母女兩人與多未會合後，三人立刻下到了月臺。雖然有些晚，但還是有足夠的時間趕上最後一班車。

她藉由停止運行的電梯去了對面，從遠處觀察三人。很快的，末班車抵達，人們有序地開始上車。秀雅仔細地數著人數。雖然有點危險，但三人應該都能上車。

問題出在敏洙身上。

由於多了一個人，敏洙上不了車。敏洙的父親見到兒子前方那人上了車，自己的兒子卻上不了車，他暴發了，像瘋了一樣大喊大叫，推著軍人，猛然拉住了海未的手臂。

「下車！」

「你在幹嘛！」

海未一邊尖叫著，一邊堅持地上了車。這時，敏洙的父親拿出口袋裡的刀，對準了海未的脖子。冷冽的刀鋒接觸到皮膚，海未驚恐地渾身僵硬。旁邊的秀雅盡力保持冷靜，試圖說服他。

「不用擔心，下一班車很快就來了。」

但敏洙的父親搖搖頭，意外地冷靜。

「不，不會有下一班了。我已經確認過好幾次，可用的車輛和人數，這是最後一班車。你們是最後一批乘客。」

「那你想怎樣？」

「放棄其中一個人。」

「我怎麼可能那樣做？我下車就行了，這不就解決了？」

「不行，得有大人照顧孩子。」

「你以為你這樣對我女兒，我會照顧你兒子嗎？」

「妳只須照顧他一下子，直到他安全到達。對不起。這是拯救我兒子的唯一方法。如果妳不合作，我會立刻殺了這孩子。」

敏洙的父親將刀緊貼在少女海未的脖子上。他雖然表面看似平靜，但實際上已經失去理智，完全無法溝通。他再次粗暴地拉著海未，試圖將敏洙推進車廂。

先前被推開的軍人帶著同伴回來了。軍人們用槍指著他，在被捕之前，敏洙的父親慌亂地胡言亂語，刀刺向了少女海未的胸膛。少女海未的胸口慢慢地染上了血紅。僵硬的少女海未被無力地拖出了車廂。多未目睹這一幕，捂著嘴，尖叫起來。

「這不是我的錯！是你們逼我的！」

敏洙父親在被軍人帶走的同時，還是把敏洙推上了車廂。他一直在大喊，要求他們帶走自己的孩子。他也很絕望。

「要救一個人就得犧牲另一個！不是所有人都能上車的！」

隨著嗶的聲響，車門關閉了。倒在關閉車門下的少女海未呻吟著，緊捂住流血的傷口。車廂裡，她的家人急切地敲打車門，但少女海未的眼神迅速失去了焦點，沒有力氣轉頭看她們。

沒關係。可以再來一次。

秀雅不知不覺地轉過頭，再次轉動了旋鈕。

35

新的錄音_27.m4a

我不想恨那個人。因為那個人也只是為了救自己的孩子，做了自己能做的一切。如果換成是我，我可能也會做同樣的事。

當然，我本可以回到過去阻止他。我們也可以透過一些改變，更快到達地鐵站。如果那樣做，一切都能迎刃而解，我們三個都能安全地上車逃離。但我做不到。因為我看到了那孩子……敏洙的臉。

對不起。我實在無法放任那個孩子死去。我不能讓任何人代替我們去死。我太清楚那些在這裡死去的人的家人會經歷什麼。

不，不用道歉。

媽媽做的是對的。

為什麼我一開始就沒有想到這個簡單的事實呢？乘車人數是固定的，這是如此顯而易見的事實。愚蠢的是，直到最後一刻，我們都沒想到這一點。也許我內心深處知道這件事，只是不願意去想，把它深深藏在心底。

改變過去，就是這樣的事。推開某人，把另一個人推到他的位置。為了救一個人，就必須犧牲另一個人。

所以我決定犧牲我自己。趁妳妹妹睡著的時候，我再一次潛入過去。我一跑到旅館就撞倒妳，讓妳選擇一條新的路線，不再和我相遇。經過十幾次的潛水，我終於讓妳前往地鐵站。妳獨自一人安全地穿越了那可怕的三岔路口，逃離了海雲臺。

同時，我還要阻止過去的自己回到地鐵站。我在各處貼上貼紙，設置障礙，讓過去的自己走到別的地方。我偽裝成妳，穿上有翅膀圖案的夾克去引誘過去的自己，我把自己帶出生存界線之外，帶去了一個絕對無法存活的遠方。

我就這樣在那裡慢慢死去。本該就這樣結束，一切應該就此結束。本來應該是這樣的，但是……。

36

2049——海雲臺

如果事情這樣下去，我會怎樣呢？我會死去，消失嗎？還是保護泡沫會阻止死亡，保護我？

只有一種方法可以確認。

下定決心的秀雅轉動了旋鈕，回到了未來。

***

當她再次睜開眼時，她還活著。

海未也沒有復活。這讓她感到困惑。這與她所理解的時空旅行守則完全不符。隨著時間的流逝，她愈來愈焦慮。最後，她向多未坦白了一切。

「妳到底在做什麼？」

多未在聽完來龍去脈之後，馬上追問道。

「妳姊姊一定活下來了。我親眼看到她上車逃走了。我確定。」

「我不是問這個！」

多未滿是擔憂地大聲說道：

「媽，妳瘋了嗎？如果妳真的死了，怎麼辦？」

「我現在很好。」

「怎麼會好！一點都不好。以後不要再做這種事了，明白嗎？」

秀雅沒有回答。多未聲若蚊蚋般嘟噥著，然後操縱輪椅滑向全像圖。她盯著全像圖良久，簡短地補充了一句：

「……一定有辦法讓我們三個都活下來。」

多未更新了全像圖後從頭開始慢速播放，仔細檢查是否有任何變化。隨著時間的流逝，多未的表情愈來愈陰沉。

「太奇怪了。」

多未咬著指甲說。

「人們的動作完全變了。」

多未拿起平板電腦，查看了網上的監視器影像，沒過多久，她就發現異常現象的原因。

「我找到原因了。」

當她觸摸螢幕時，一幅巨大的影像出現在全像圖上。秀雅抬頭看向螢幕。

「那個人……難道是海未？」

「對，一定是。姊姊成為了潛水員。」

螢幕上出現了海未的身影。她看起來已經三十多歲。多未操作平板電腦，全像圖上出現了藍色人形輪廓，共有十幾個人。

「這裡標記的人都是姊姊。」

「那為什麼我們的紀錄還是顯示海未死了？」

「她實際上確實死了，旅館裡有找到姊姊屍體的紀錄。」

「那麼這些活著的是誰？」

多未輕輕咬著嘴唇，沉思片刻。

「……難道是時間線分裂了嗎？」

「我們已經透過實驗充分證明平行宇宙並不存在。一直以來，時間線從未分裂過，未來總是確定的、唯一的。」

「我也是這麼認為的。但現在這樣的事情正明明白白地發生在我們眼前。」

多未聳了聳肩。

「媽媽，我們這個世界的姊姊確實死了。這是肯定的。除了兩個世界同時存在的假設之外，沒有其他方式可以解釋影片中活著的姊姊。而在另一個版本的宇宙中，姊姊活了下來，成為了潛水員。」

秀雅在腦海中想像著時間線就像樹枝一樣分裂，原本直線流動的時間，在她復活海未的那一刻分成了兩條路徑，一條是海未死去而她存活的世界，另一條則是她死去而海未存活的世界。從

2025年的海雲臺開始，兩個世界同時存在。

想得愈多，腦袋就愈混亂。

「假設妳說的對。那為什麼只有這次時間線分裂了呢？」

「我猜想，是因為我們陷入了循環。」

「循環？妳是指封閉類時曲線[22]？」

「對，沒錯。」

多未的手指輕彈一下，全像圖開始播放。

「妳看姊姊的動作，她現在在嘗試救妳。妳救了姊姊後，姊姊又會救妳，然後妳再救她。因變成了果，果又成為因。一個世界的結束變成了另一個世界的開始。」

多未的食指畫著圓圈。

「兩個事件就是這樣形成了一個無限循環，不是嗎？就像莫比烏斯帶一樣。正面的世界和背面的世界交替重複，就好像兩種可能性重疊在一起，產生了視錯覺。」

「事件的可能性重疊……」

「這是量子力學的基礎。在未被觀測時，粒子可以同時處於多種狀態，其可能性重疊。」

「那是在微觀領域。我們現在討論的是宏觀世界中發生的事件。」

「有什麼區別呢？如果宇宙中存在觀察我們的神，那麼在神的眼中，地球也不過是一個微小的粒子而已。地球上發生的事件也許就像電子的位置一樣微不足道。」

「妳說的都只是假設。」

「除此之外，還有什麼假設可以解釋當前的情況？」

秀雅無法反駁。

「我認為這種情況不會持續太久。妳也清楚，重疊狀態有多麼容易崩潰。這只能是暫時的現象。一旦被某人觀測到，就只剩下一種確定的未來，其他的現實都會崩潰。現實最後會被固定在一種狀態。」

「那我們得趕快行動了。」

秀雅急忙爬上潛水機。

「妳要做什麼？」

多未問道。

「還能做什麼？趁神轉移注意力的時候，我必須阻止妳姊姊。」

22 Closed Timelike Curve。在廣義相對論的計算公式中，假設有很強的重力、宇宙的旋轉、蟲洞等現象，粒子不僅可以追溯到空間，還可以追溯到時間。像這樣，當粒子持續回到同一地點，並重複同樣的事件，就被稱為封閉類時曲線。

37

新的錄音_31.m4a

海未。

拯救妳是我活下去的唯一理由。我必須救妳。

這是無盡的反覆。妳救我，我救妳，然後妳再救我，我再救妳。我們究竟重複了多少次這種事情？多到我已經放棄計算了。

這就像每天在重演薛西弗斯的神話。我把妳帶到山頂，妳就從懸崖跳下去，然後我又把妳拉回山頂。當我絕望地跳下懸崖時，妳又抓住我的腳踝，把我拉回山頂。一次又一次。一次又一次。我們在這裡唯一能做的似乎就是自殺。直到一方放棄，否則這種事情永遠不會結束。

海未，因為我們的行為，宇宙變成了一個不斷變化的奇異時空。我們每嘗試一次時空旅行就會產生更多的未來。每當新的時間線分裂，我都必須像修剪樹枝一樣將它們全部剪除，我無法確定自己成功了多少次，我也不知道自己究竟在多少條時間線上嘗試潛入2025年的海雲臺。

我經歷了太多無法解釋的事情。有時我們都活了下來，有時我們都死了，有時我不得不目睹妳因為悖論而消失。時空戰爭暴發，無數的潛水員展開了貪婪的戰爭，我也險些被困在時間的裂縫中死去，我不只一次看到海雲臺完全崩塌，化為泡沫消失。

……到了現在，我對這一切都變得漠然了。即使四周的一切都化為泡沫崩潰，我也能視若平常。

每當歷史改變時，我都會糾正妳造成的影響，將其導回正軌。我堅守著我死去而妳生存的結局。問題是妳卻不放棄。妳嘗試了所有可能的方法，最終陷入絕望，最後，妳決定讓自己永遠消失。

到頭來，我還是不得不出現在妳面前。

媽媽最後深深地吸了一口氣。

海未，妳明白了嗎？現在必須停止這一切了。

為了讓妳
死去的
時間

38

2045——海雲臺

「我們以為我們在救媽媽，其實是媽媽一直在救姊姊。」

多未一臉沮喪地說。

四周一片寂靜，不知不覺太陽已經升起，陽光透過帳棚灑了進來。海未靠在折疊椅上，閉上了眼睛。就在這時，多未急切地問道：

「姊姊，我們現在該怎麼辦？」

「能怎麼辦？像以前那樣啊。要救媽媽。」

「那姊姊妳不是會死嗎？」

「沒關係。」

「有關係好不好！」

「多未，對不起。我一定要救媽媽。」
多未重重地放下手機，嘆了一口長氣。
「我厭倦了這一切。」
「多未，我們只是把一切恢復原狀。沒有人會死，也沒有人會消失。」
「我知道。」
多未說完這句話便沉默了，然後突然問道：
「那對雙胞胎是怎麼回事？姊姊妳也知道嗎？他們兩個……」
就在這時，智慧通訊棒響了起來。是雙胞胎。
「時機真是巧得不能再巧啊。」
多未諷刺地說。
海未拿起智慧通訊棒，接聽了電話。
——海未小姐？我是輝。
一聽到輝的名字，多未的眉頭緊皺。海未努力忽視妹妹的反應，回答道：
「嗯，請說。」
——閔多未小姐在旁邊嗎？
海未看了一眼多未，多未的眉頭皺得更深了。
「有，她在這裡。」
——請出去一下，我想單獨談談。
「為什麼？就在這裡說。」

多未插嘴道。

——如果閔多未小姐在旁邊，我什麼都不會說的。

「有什麼是我不能聽的嗎？」

——即使告訴妳們理由，也會引起悖論。

多未無奈地笑了笑，扯了自己的頭髮。

「那你真的是我的……」

——很抱歉沒有事先告訴妳。

「你們到底是怎麼想的，把我送到這裡來！如果發生了什麼事怎麼辦？」

海未急忙制止了妹妹。

「多未，冷靜。」

「我怎麼可能冷靜？」

「冷靜，我出去一下。」

「腳長妳腿上，要不要出去隨妳便。」

多未一臉惱怒地擺擺手。海未拿著智慧通訊棒走出帳棚。外面出奇地安靜。所有戰鬥的痕跡也已經消失不見。

海未在附近的臺階上坐下，開始和輝交談。

「現在可以說了。」

——妳是什麼時候知道我的身分的？

「已經有一陣子了。」

——那我就直接說了。阿姨，我們確認了妳們兩位已經碰了面。我指的是在另一條時間線上的外婆。

「你們也能聯絡上她們？」

——雖然很複雜，但可以。無論過去如何重疊，最終確定的未來只有一個。我們與所有的過去都有聯繫。

「這麼說，無論我們做什麼，未來都不會改變。」

——到目前為止是這樣的。無論我和賢做什麼，情況都沒有改變。即使三位都倖存下來，情況也是如此。我們所經歷的不幸也沒有變化。

所以你們還在繼續進行時空旅行？因為想擺脫你們的不幸？她不忍心問出口。

「你們從一開始就知道了嗎？世界可以分裂成多個。」

——最初並不知道。

「那你現在想說什麼？」

——為了媽媽，請繼續執行任務。

「我為什麼要那樣做？」

——外婆正在試圖取消所有的時空旅行，將一切恢復到最開始的狀態。如果時空旅行任務被全面重置，我們目前在委員會所獲得的所有權力也會跟著消失。那樣的話，我們就無法再幫助妳們三位了。

「沒關係。因為我不會再進行時空旅行了。」

——妳確定？

輝激動地反問海未，她無法肯定地回答「是」。原本抱持的堅定信念輕易被擊垮，不安很快填補了那個空缺。說實話，她的心中有些猶豫。放棄這所有的機會，自己真的不會後悔嗎？於是海未避而不答。

「上次任務成功時，戰爭暴發了。」

她回想起自己親手殺死敏洙的那一刻，儘管因為媽媽的介入，敏洙的死變成了未發生的事實，但殺人的感覺依然清晰地留在她的掌心。記憶永遠不會消失。

「……那是一場可怕的戰爭。」

——我知道。我們也經歷過好幾次。我會想辦法阻止。現在我知道了原因。

「你打算殺死敏洙嗎？」

輝沒有回答，海未也沒有再問。

「其實我想通過悖論來摧毀一切，抹去自己，讓一切回到原始狀態。從一開始是你們逼我走到那一步的。那不是你們的計畫嗎？」

——那是賢的計畫。我反對過。

「是嗎？賢現在應該很傷心吧。」

——賢在戰爭中死了。

「原來——如此。抱歉，我不知道。」

海未陷入了沉默。

——請妳幫忙吧，阿姨，拜託妳。我們不能就這樣結束。一定有讓我們都幸福的方法。如果現實就這樣被確定，媽媽下半輩子都會帶著愧疚，認為是自己殺死了妳或認為是自己殺死了外婆。阿姨妳也知道那是什麼感覺。妳不會希望媽媽帶著那樣的傷痛生活吧。

「你到底要我怎麼做？無論我多努力，過去也不會改變。媽媽，也就是你的外婆會再次殺死自己。你外婆絕不會放棄的。」

——沒關係，不需要改變過去，重要的是過程。

「這是什麼意思？」

——妳還記得測試時，死去的媽媽活在隔壁房間的情況嗎？

「你說那是**另一種可能性**？」

——對，我們不像阿姨妳一樣有很多時間，我們沒有時間一個個嘗試。所以我們利用了量子泡沫時空的特性，將所有可能性同時重疊起來，每個房間都填滿了不同可能性的阿姨和媽媽。阿姨妳就是那眾多可能性中的一個。我們同時模擬了所有情況，並確認存在一個讓所有人都幸福的結果。我們不清楚具體該怎麼做，但當我們設定單一場景時，卻從未成功過。就像雙縫實驗[23]中的干涉圖案消失一樣。

「你說得太複雜了，我聽不懂。」

——也許重疊狀態本身就是關鍵。只有在媽媽被槍擊和媽媽存活的狀態同時存在時，我們才能說服阿姨。我們在各自的時間線上掙扎所積累的過程一定有其意義。

「你到底希望我做什麼？」

——請不要放棄。直到找到答案為止。

「到底要找什麼答案？」

輝沒有回答。通話已經結束。

23 Double-slit experiment。量子力學中著名的實驗。當光線穿過兩個小孔時，穿過兩個小孔的光的波長就會像波浪一樣相互干涉，在對面牆壁上形成獨特的圖案。然而，如果測量單個光粒子穿過哪個孔時，干涉就會消失，也不會出現圖案。這是因為可能性的重疊狀態崩潰，隨機存在的粒子的運動路徑會固定成一種。

39

2025——海雲臺

「妳決定了嗎？」

秀雅問道。海未靠在頂樓的欄杆上，俯瞰下方。從對面樓頂看見的三岔路口景色，感覺和以前截然不同。

「還沒。」

「妳聽了錄音檔應該知道。我不是一個好人。恰好相反。我活下來並不代表妳們會幸福。」

不是那樣的。

海未沒有刻意說出來。

「我有嚴重憂鬱症。懷多未的時候，因為太痛苦了，我還是大把大把地吃藥。我就是那樣的人。軟弱、膽小，總是先顧及自己。」

我知道不是那樣的。

「媽媽，真的沒有我們三個人都活下來的辦法嗎？」

秀雅緩緩搖頭。

「我試過了所有的方法，嘗試了將近半年。無論我做什麼都沒用。不坐車就無法逃離海雲臺。總有人必須死。我沒有信心帶著罪惡感活下去，海未。」

我也沒有。

「媽媽。」

「嗯。」

「我有件事要告訴妳。」

「什麼事？」

「我想道歉。」

秀雅搖了搖頭，好像已經知道她要說什麼。

「沒關係，我已經收到了足夠多的道歉。」

「但我還是要說。」

海未深吸了一口氣。

「對不起。我不知道自己那時候為什麼那樣。我那時真的很恨媽媽，不想變得像媽媽一樣，所以我不得不否定媽媽的一切。我太不成熟了。」

「海未……」

「媽媽，對不起……我做錯了，我……」

海未淚流滿面，抱住了秀雅。秀雅拍拍女兒的背，用手指擦去她的眼淚。

「海未，沒關係，我沒事。」

「都是我的錯。那天我叫妳去死，所以妳才死掉的。我應該早點道歉的……我寫了信想道歉……」

「我知道。那封信我讀了上千遍。」

秀雅抱住女兒，安慰著她。不知過了多久，溫暖的體溫讓顫抖逐漸平息。

海未慢慢地從媽媽的懷中掙脫。現在是真正贖罪的時候了。

「媽媽，妳希望我怎麼做？」

＊＊＊

海未就像是站在起跑線上的田徑選手一樣。她深深地吸了一口氣之後，拆掉了攜帶用泡沫罐的連結。現在是要開始奔跑的時候了。她看了看智慧型手錶上的計時器，數字隨著設定的時間快速減少。

三、二、一。

就是現在。她全力衝刺，衝向從天而降的紅色粉末滅火器，當滅火器落地彈起的瞬間，她迅速抓起滅火器，以最快的速度穿過三岔路口。她剛剛通過，一顆子彈從頂樓射出，卻無力地擊中地面。沒有產生煙霧。

一切按計畫進行。

＊＊＊

「首先要做的是清理掉滅火器。」

秀雅說。

「由於三岔路口充滿了煙霧，我們大部分的時空旅行都失敗了。由此衍生出的無數未來也暫時消失。但我們不能讓這種狀態繼續下去。經過三岔路口的人的生死被顛覆了。」

「煙霧消失後，戰爭會再次暴發嗎？」

海未像是反駁一樣反問。

「可能會吧。時空戰爭的源頭是因為委員會擴展了時空旅行業務。每次當時空旅行獲得成功，委員會的權力也會隨之增加，導致內部權力鬥爭白熱化，進一步演變成全面戰爭。結局妳也很清楚。」

一切的崩潰。海未點點頭。

「一旦煙霧一消失，那些災難重建委員會的罹難者家屬組成的潛水員會重新開始。不知道會有多少人，可能會超過數百人。我們兩個必須阻止他們。」

「怎麼阻止？」

「在到達點提前等著，然後再把他們送回去。就像對敏洙做的那樣。」

「他們會再回來。」

「那我們就再送他們回去。一次又一次，不斷地。直到他們放棄。直到委員會得出結論：前往海雲臺的時空旅行是不可能的。時空旅行成本高昂，一再失敗的情況下，委員會到最後只能取消計畫。」

「我們不能取消我和妳之前試過的潛水行動嗎？」

「我無法確定，在現在的情況下與過去的我們接觸，會導致因果產生怎樣的變化。最安全的方法是取消所有潛水，從最近的事件開始，逐個倒序進行，那樣一切就會恢復到最初狀態。」

＊＊＊

煙霧散去後，海雲臺突然間出現了無數的潛水員。在未來觀看這一幕的多末，透過全像圖精準地追蹤了每個潛水員的動線。紀錄一完成，多末就迅速拿起了平板電腦，開始制定行動策略。制定策略並沒有耗費太久的時間，她將存有行動計畫的平板放在潛水機上，隨後扣下了瞄準器的扳機。

＊＊＊

在平板電腦落地前，秀雅已迅速接住並打開了它。她快速掃視地圖上密集的動線後，透過無線電向海未發出指令。

「海未，十秒後，三岔路口的玩具店屋頂。」

秀雅隨即將雙筒望遠鏡舉到眼前，透過望遠鏡，她看見海未正在奔跑的身影。海未一腳蹬牆，輕鬆地跳上屋頂。此時，一個正在試圖穿越時空的身影開始顯現。海未迅速伸手，啟動了那人的腰帶，那人在意識到自己已經抵達過去之前，便被送回了未來。

「好，就按這個方法進行。下一個目標位於購物中心立體停車場的二樓。妳去南側欄杆附近，找到標有B－17的柱子。五十五秒後會出現。」

海未沒有回答，而是跳躍著穿越於大樓之間，一口氣攀上立體停車場的欄杆，並利用反作用力將身體拉上去。她靜悄悄地進入停車場。約莫十幾秒後，無線電裡傳來聲音。

——成功了。下一步是什麼？

「下一步……」

***

海未剛把第十個潛水員送回未來，便立刻按下了無線電的通話鍵。

「成功了，下一步呢？」

——第一次潛水就到此為止。以後就按這樣反覆進行。現在回到未來。回去之後，到五分鐘前再見。

無線電傳來聲音。海未按下無線電按鍵，簡短回應。

「明白。」

海未轉動了腰帶上的旋鈕。剛到未來，她的身體就浮了起來。她緊緊抓住潛水機的邊緣。周圍再次被暗紅色的風暴包圍，正向著悖論崩潰。沒有時間補充泡沫，也沒時間換衣服，她只能祈禱運氣了。

「多未！快把我送回去！回到五分鐘前！」

多未緊抱著搖晃的桌子，再次扣下了瞄準器的扳機。

***

按照近似教條的守則，潛水員們從過去開始逐漸累積時空旅行的次數。因此，逆序取消潛水行動不可避免的是逆時間而行。海未遵照媽媽的指示，逐漸深入過去。

隨著潛水行動的重複，未來逐漸變得穩定，風暴逐漸平息，四周傳來的槍聲和吶喊聲也逐漸減少。緩慢，但能肯定的，時空旅行的痕跡正在被抹去。

隨著時空旅行被抹去，母女倆所進行的潛水行動也一個接一個被抹去了。海未在抹去媽媽的潛水的同時，媽媽也在抹去她的潛水。兩人不停地相互抹去彼此的潛水行動。就這樣，歷史逐漸回歸了正軌。

有了餘裕的海未脫下身上的衣服，替套裝充泡沫。這次真的是最後一次嗎？即使現在說是最後一次，感覺也像個謊言。她不知道還要潛水多少次。她決定不再考慮這個問題。

多未走過來，遞給她一套衣服。是類似於她平時進行自由奔跑時穿的T恤和緊身褲。

「我盡量選擇了方便活動的衣服。」

「謝謝。」

「按照計畫，這是最後一次潛水了吧？」

多未問道。海未微微一笑。
「但願如此。」
「小心點。媽媽一定會食言的。」
「知道了。」
媽媽絕對不會放棄的。當所有潛水都被取消的最後一刻到來時，媽媽會想方設法拯救她的女兒。媽媽就是那樣的人。海未打起精神，堅定地繫好鞋帶。
「絕對不要放鬆戒心，一定要救媽媽回來。」
「嗯。」
多未向前傾身，擁抱了姊姊。海未也緊緊抱住了妹妹。多未在她懷中小聲低語：
「不要擔心，妳不是孤單的。如果姊姊成功了，我也會一起消失。我們經歷的一切都會變成沒發生過。我們現在感受到的情緒也都會消失。」
「是的，多未，我們一定要成功。」
海未準備就緒，再次站上了潛水機。多未臉色沉重地拿起瞄準器，瞄準了她。
「再見了。」
扳機被扣下。海未再次下墜。朝著一切開始的那一刻墜落。

***

第二次地震發生前十分鐘。母女倆回到了第一個可能的潛水點，開始了最後行動。

海未按照秀雅的指示，到達了約定的地點。一棟老舊大樓的頂樓。

——目標會在三十秒後到達。

無線電中傳來秀雅的聲音。海未沒有回答，而是查看了媽媽的位置。媽媽在遠方的塔樓上，用望遠鏡觀察著街道。暫時沒有察覺出媽媽接下來的打算。剩下的潛水員不多了，媽媽到底有什麼打算？假如要採取行動，最可能的時機是什麼時候？當最後一個潛水員被送回去之後？多半是這麼想的……。

正當她在思索的時候，目標降落在她面前。由於一時分心，海未比平時晚了一點伸手，雖然只有不到一秒的延遲，但足以讓對方反應過來。

他抓住了她伸向腰帶的手。

海未驚慌地想要抽回手，但只是徒勞無功，她的手始終動彈不得。

你究竟是誰？

目標對象戴著類似防毒面具的東西，她看不見對方的臉。她用另一隻手抓住對方的黑色夾克，想要折斷對方的手臂卻感覺到裡面的肌肉堅硬有力，無法以力量取勝。

衣領被扯開了，露出裡面佩戴的軍裝徽章。未來的敏洙也穿同樣的軍服。這個人是經過嚴格訓練的軍人。

那個人粗暴地推開了海未，並將她撞倒。當她重新站起來時，對方已經遠遠跑開。她看到他的右手拿著手槍。她追著目標跑，並拿出無線電。

「對不起，目標逃掉了。」

——什麼？

「他穿著和敏洙一樣的軍服，可能是來暗殺過去的我們。」

——他的目標是誰？

她無法回答。對方的目標究竟是自己還是媽媽？

「還不清楚。」

海未答道，並加快速度。對方正從大樓旁的緊急逃生梯往下走。還有追上他的機會。海未縱身一躍，跳到了對面的大樓，領先對方一步。他需要繞著大樓移動，海未比他更具優勢。

海未在樓頂疾跑，利用雨水管滑行，落在地面。她在垃圾堆中發現了一個被丟棄的平底鍋。她拿起鍋子，埋伏在小巷中。當她看到黑影出現時，便全力揮舞手中的平底鍋。對方搖搖晃晃卻沒有倒下。

海未準備再次揮舞平底鍋，對方搶先一拳打倒了她。海未蜷縮著身體準備下一次攻擊，對方似乎急於脫身，並沒有繼續攻擊她的意思，而是匆忙地跳過了海未的身體。跳躍的瞬間，對方手上拿的照片吸引了海未的目光。照片上是少女海未。海未試圖用無線電通知媽媽，但是——

砰。

對方開槍打壞了她的無線電。可惡。她揉著發麻的手腕，扔掉了被轟去一半的無線電，繼續追趕。她衝出小巷，眼前是人滿為患的街道，對方粗魯地推開人群，繼續前進。

沒有辦法通知媽媽了。現在別無選擇，只能互相信任。

就在這時，前面的目標被什麼東西絆倒了，地上有類似透明線的東西。看來是媽媽設的陷阱。對方沒有時間感到疼痛，迅速向旁邊翻滾。就在他剛躺下的地方，一塊沉重的招牌掉了下來。如果被砸中，絕對足以打斷他的腿。

海未抬頭看向上方，秀雅也正看著她。兩人短暫地交換了眼神，海未點了點頭，加快速度。與此同時，對方站起身繼續前進。雖然雙方之間的距離縮短了不少，但還不足以追上，對方的速度比她還快。

一個戴著帽子的人突然試圖推倒那個人。是秀雅。對方抓住了秀雅的手，但秀雅先一步轉動旋鈕，消失去了未來。秀雅一消失，另一個秀雅又出現了，揮舞著長棍攻擊對方，對方沒有躲避，而是用手臂擋住了長棍。秀雅再次消失到未來。

在秀雅的幫助下，海未大幅拉近了與對方的距離。眼前的人群愈來愈密集，沒有能擠過去的空隙。對方變得慌亂，踹開了附近大樓的門，衝了進去。他沿著樓梯上到三樓並向辦公室的窗戶開了槍。他踩著像怪物嘴巴一樣尖銳的窗框，沉重的身軀躍起，撞破對面大樓的窗戶，打滾落地。海未跟著他跳了過去，正當準備落地之際，眼前突然有東西飛來。

她勉強低下頭，躲開了飛來的高爾夫球桿。球桿擊中牆壁，火花四濺。對方毫不猶豫地高舉高爾夫球桿，海未做好了手臂骨折的心理準備，向前衝去。對方慌張地放緩了揮動的速度，海未伸手抓住了球桿。隨著雙方力量抗衡的開始，她的臉上露出了複雜的神情。

「這是沒用的。就算妳阻止我，其他的夥伴最後還是會殺了妳。」

從防毒面具中傳來了怪異變聲。

「那我就再阻止。」

「妳想繼續這樣下去嗎？」

「因為我有點蠢。」

海未拉住高爾夫球桿，試圖拉下對方的防毒面具，但對方鬆開了球桿，將她推到牆上。她看到眼前的槍口，反射性地扭頭躲避子彈。耳朵似乎要被刺耳的槍聲震破了。

就在對方準備再次扣下扳機的時候，一顆子彈不知從何處飛來，擊中了他的肩膀。看來是媽媽開的槍。他開始逃跑。海未揉著麻掉的手臂，追著對方跑上了頂樓。

很快就會到少女海未所在的地方。再跳過一棟大樓，就能看見通往少女海未所在旅館的路口。她追蹤著血跡，將所有的自由奔跑技巧都使上，盡可能地縮短與對方的距離。另外，媽媽在左右兩邊射擊，但子彈只是擦過對方的一角。用單手捂著傷口的他猶豫了一下，然後跳向對面的大樓。海未毫不猶豫地憑藉奔跑的慣性跳得更遠。

她逐漸靠近了對方。她勉強伸出手臂，抓住對方的後領。兩人在頂樓上翻滾著。她感覺一陣暈眩的疼痛。即使如此，她還是從腰帶上掏出了電擊棒，刺向對方的腹部，並按下按鈕。

但什麼都沒發生。電擊棒沒有發揮作用。她又按了好幾下按鈕，一點反應都沒有。看來上次使用後就壞了。

該死的不良品！海未扔掉電擊棒，試圖從槍套中掏出手槍，但對方比她更快地踹中了她的胸口。她感到窒息，蜷縮在地上，捂住了心口，無法動彈。

這時，秀雅從後面跑來，撞向對方。對方再次摔倒，但年近六十的秀雅無法制伏對方。對方若無其事地起身，秀雅死死抓住他的腰帶不放，他則抓住秀雅的頭髮試圖硬扯。隨後是猛烈的肋骨被打擊的聲音。秀雅的臉痛苦扭曲，喘著粗氣。她掙扎著，但仍緊緊地抓住對方的雙臂不放。

海未勉強站起來，踉蹌走來，像是倒下了一樣撲向對方。她的指尖碰觸到對方的腰帶。她毫不猶豫地轉動了旋鈕。該回去了，你這個怪物。

***

幸運的是，媽媽的傷勢並不嚴重。海未檢查了傷口後，艱難地站起身，走向頂樓的欄杆。

失敗了。

她注意到周圍出現了許多潛水員，每個人都戴著與剛才那個男人相似的防毒面具。看來在她阻止一個人的時候，錯過了許多其他的目標。湧入海雲臺的潛水員數量迅速增加，情況變得難以應對。

她轉過頭。是時候了。遠處，少女海未正朝旅館跑去。她堅定地轉過身。

「海未，不可以。」

秀雅跑來擋住了她的去路。

「我們還有機會阻止，再回去阻止就行了。」

「還要再來一次嗎？我們只失敗了一次，就變成了這樣。這麼做是絕對不會成功的。」

「我們重新開始，從頭來過就行了。」

海未沒有回答，而是拿出了手槍。

「讓開。」

「海未，現在開槍解決不了任何問題。」

「那可不一定。」

海未這麼說著，拉開了保險栓，但秀雅堅決地把自己的身體推向槍口。

「我真的會開槍！」

她完全可以開槍。即使媽媽因此死去也沒關係。因為如果自己因悖論而消失，一切都將不存在。

但她猶豫了。

她威脅性地向地面開了一槍。地面火花四濺，槍聲在頂樓迴盪，但秀雅沒有讓開，反而蜷縮著，閉上眼睛，用雙手捂住耳朵。海未無法理解媽媽的舉動。還沒等她意識到其中的意義，就感覺到背後有個硬物。是電擊棒。和她之前揮舞的一模一樣。

她背後站著的是媽媽。

「海未，放棄吧。」

「妳怎麼會從後面出現？」

「我回到了未來，然後又回來了。」

「可是媽媽妳還在我眼前……」

「妳還是不懂時空旅行啊。」

「我真的很討厭這句話。」

就在這時，眼前的媽媽將手放在腰帶上，海未這時終於明白了。眼前的媽媽即將回到未來，然後再潛入更早的過去，出現在她背後，並用電擊棒攻擊她。她不能錯過這個機會。海未瞇起眼睛，扣下手槍的扳機。

血從媽媽的大腿飛濺而出，媽媽尖叫著轉動了腰帶上的旋鈕。眼前的媽媽消失了，前往未來。但這並不重要。因為背後的媽媽也會有同樣的傷口。媽媽坐在地面上，捂著傷口。

海未抓住機會，從媽媽手中奪走了電擊棒。然後，她解開媽媽的腰帶，扔到了遠處地面，防止媽媽返回未來。

「媽媽，對不起，很痛吧？」

海未從腰帶上取出繃帶，緊緊包紮媽媽的大腿。媽媽忍著疼痛與叫聲。她看著白色的繃帶變成紅色，打上了結。

「媽媽妳還好嗎？子彈穿過去了。」

「海未，不應該這樣……妳放棄吧……」

媽媽拚命試圖抓住她的雙手，但海未冷漠地甩開那雙手，繼續纏繞繃帶。

「媽媽以為我會聽妳的嗎？已經過了二十年。我忍受著混亂，好不容易走到了這裡。現在妳要我做什麼？妳以為隨便給我一些錄音檔，我就會接受嗎？多未在帳棚裡即將因輻射而死，而我的生活早已支離破碎，這樣活著，有什麼意義？」

她再次緊緊打了結。媽媽疼得發抖。

「我們不是約好了嗎？要讓一切恢復原狀。」

「反正媽媽也打算違背諾言。妳從一開始就想救我。」

媽媽汗如雨下，海未輕輕地撥開媽媽凌亂的瀏海，親吻了她的額頭。

「媽媽，再見了，我現在要真正懺悔了。」

她拖著沉重的身軀起身，現在已經沒有人可以阻止她了。她打算在媽媽留在過去的時候結束一切。這次一定會發生悖論。媽媽也無法干涉，媽媽甚至不會記得自己的存在。

她心裡這樣訴說著，從頂樓跳了下去。她抓住斷了電的電線，將它當成繩索一樣，把自己甩到了目的地。她毅然決然地向前走。

少女海未正朝她走來。她毫無恐懼，再次毅然地朝自己走去。她要徹底打破這個令人厭煩的循環。她向前邁出一步，擋在了年幼的自己面前。

但就在這一刻——

有人在她的脖子上扎了一針。

40

不久前

「這是什麼味道？」

多未問。男人再次將冰淇淋送到她嘴邊，作為回應。

「薄荷糖口味。」

「未來的人都吃這種東西嗎？」

「不是的。這個口味不受歡迎，在未來已經停產了。這只是我個人喜歡的口味。」

男人又補充了一句：

「妳最好習慣這種味道。因為妳兒子很快也會喜歡上它。」

多未皺起眉頭，把湯匙移到另一種口味上。大大的粉紅色冰淇淋桶裡，四種不同的口味被整齊地分成了四等分。

「原本應該要通過測試的，但我現在已經沒有那個力氣了。」

男人看起來就像一名戰地記者，剛目睹了可怕事件回來。也許他真的經歷了類似的事情。看著比自己年長許多的兒子，多未心情錯綜複雜。

「我已經厭倦了這種騙來騙去的腦力遊戲，所以我就直接坦白地告訴妳一切吧。聽完我說的之後，由妳來做選擇。」

「你要說什麼？」

「妳會和我同一陣線嗎？」

「我也有想問的事情。」

「我知道妳想問什麼，但先聽我說，這樣妳的疑問也會得到解答。」

多未邊吃著起司口味的冰淇淋，邊點點頭。

「我來自未來。那個未來，有和妳所在的地方截然不同的過去。妳可以把它想像成一種平行宇宙。」

輝短促地吸了一口氣，他那瘦弱的肩膀短暫地聳起又落下。

「所以，這不是關於妳的故事，而是關於我們兄弟倆的母親的故事。」

輝放下了手上的湯匙。

他開始講述他的故事。

＊＊＊

……最終，媽媽還是無法克服失落感。聽外婆說，自從生下了我們之後，媽媽變得更加敏感了，行為日益尖銳，無法忍受任何危險。哪怕再微小也是。比如媽媽怕我們會戳傷自己的眼睛，我們十歲之前從未碰過鉛筆。隨著時間的流逝，媽媽愈來愈敏感，我們要遵守的規則愈來愈多。

爸媽到最後終究離婚了。我們選擇了爸爸，雖然爸爸也不是什麼好人，但至少他對我們默不關心，那總比和媽媽在一起好。我們寧願被忽略，也想逃離媽媽的關注。

媽媽沒有放棄。幾年過去了，她仍在法庭上爭奪我們的撫養權。最終她輸了。在最高法院做出最終判決的那天……發生了那件事。

我不想詳細描述那天的事件。媽媽來到我們住的地方。她臉上的表情是我未曾見過的。爸爸試圖阻止她。四處都是血……賢的尖叫聲……我臉上的傷疤也是那時留下的。

媽媽自殺了。

喔，妳不需要感到內疚。因為妳不是她。說不定這一切根本沒有發生過。老實說，我不太確定我的記憶。不斷地重寫自己的過去，會使記憶變得一團糟。改變了太多的過去，我已經不確定哪個是真正的過去了。但至少我記得的是這樣。那件事的記憶從未被抹去，始終停留在我的腦海裡。

但奇怪的是……。

我對媽媽的思念隨著時間日益增加，儘管我曾經如此渴望擺脫她，加入時間管理廳，了解時空旅行的祕密之後，那股渴望變得更加強烈。到頭來，我偷偷地返回過去。

起初我只是想再見媽媽一面，隨著我和媽媽聊得愈多……我與媽媽都深陷於這種技術的可能性中。我們是與生俱來的科學家。在巨大的好奇心面前，我對媽媽的怨恨奇蹟似的消失了。或許妳也明白那種感覺。因為妳現在也處於那種心情。

不知不覺中，我們開始偷拿廢棄的舊部件，製造了屬於我們自己的時空旅行裝置。不僅僅是觀察過去，還能重寫現實的機器。外婆和賢在不久後加入了我們。不，還是阿姨？我最近的記憶有些混亂……。

無論如何，賢和我替機器取了新名字，叫M.D.M.。雖然我們用了一些複雜的詞彙裝飾它，實際上那是媽媽名字的第一個字母縮寫而成的。

我們嘗試了好幾次改變過去，像是讓爸媽和好；跟著媽媽離開爸爸；拋棄爸媽，逃得遠遠的；縱火燒了屋子，阻止媽媽回來。

但都沒用。無論改變多少次路線，終點總是相同。儘管時間和方式略有不同，媽媽總是會死去，一切隨之結束。因為媽媽的記憶始終停留在更早的過去。到頭來，那一天，在那裡，只能靠媽媽自己去治癒傷口。

我們在未來找不到辦法躲避時間管理廳的監視，將裝置移動到那裡，最後只能把一切交給媽媽，讓她自己治癒自己的傷口。

***

不知不覺間，冰淇淋在桶子裡融化得亂七八糟。過去、現在和未來。無數的時間線裡存在的不同的我。聽了輝說的，多未的心情變得更加複雜。

「你說的『那一天』，是什麼時候？」

「2025年8月。我們都知道的事故發生的那一天。」

「我從來沒有去過那裡。」

「我知道。妳沒有經歷過那件事。因為賢奪走了妳應該失去的東西。」

輝回答。

「賢認為這一切都源自媽媽的失落感。所以我們創造了一個媽媽永遠有失落感的現實。透過製造一個悖論，媽媽失去的東西從歷史中被抹去了。這就是妳所生活的世界。一個失去了『妳失去的東西』的世界。」

「那我感受到的情緒是什麼……」

「雖然因果循環悖論消除了世界的錯誤與邏輯空隙，但這個系統並不完美。與事件密切相關的人會無意識地感知自己與被抹去事物之間的微妙矛盾。而這種感覺會造成錯覺，讓妳感覺似乎失去了什麼，似乎有什麼重要的事情被忘記了，有什麼遺失了。不管做什麼，失落感永遠不會消失，做任何事情都不會改變。但無論我怎麼勸說，賢就是不聽我的。」

輝再也沒有說話。

現在輪到她提問了。

「告訴我，我到底失去了什麼？」

「由妳親眼確認吧。」

輝說著，遞給她一張名片。

＊＊＊

似乎永遠不會結束的墜落結束了。多未的潛水開始了。

她一到達過去，立刻朝著附近的一棟大樓的頂樓走去。果真如她所想，她在那裡遇見了媽媽。正如輝說的。

眼前的媽媽雖然和她的媽媽有著一模一樣的眼睛，但臉上流露出的表情卻截然不同。這是只有經歷過無數事情的人才能展露出的情感。兩個人似乎走過了完全不同的人生軌跡。

媽媽依然交叉著雙臂，警惕地問道：

「是輝要妳來的嗎？」

「嗯。」

「妳知道他是誰嗎？」

「知道。」

「他跟妳說了什麼？」

「他說有一個對我來說很重要的人。不，是曾經重要的人。如果我來到這裡，我就能找到那個人。」

多未猶豫了一下，但決定誠實地回答。

「一想到那個人，我現在還會流淚。所以我知道那個人對我來說是多麼重要。但是無論我怎麼努力，都想不起來。就連一點模糊的記憶都沒有。」

媽媽沉默片刻，說道：

「跟我來。」

媽媽領著她走向頂樓邊緣，用眼神示意下方。多未一言不發地看向下方。一個老舊飯店門前的三岔路口。她第一次來卻感覺異常熟悉。遠處有人朝這邊跑來。

看到那個人的瞬間，一滴淚水沿著她的臉頰滑落。

「是那個人嗎？」

「對，妳的姊姊。」

「我有姊姊？」

她感覺到心中空缺的那部分被填補了。

多未決定把輝告訴她的事情，毫無保留地告訴媽媽。聽著她說的內容，媽媽的表情愈來愈黯淡。

「悖論即將發生，所以姊姊將會消失。」

「那我們現在該怎麼辦？」

媽媽問道。

「輝說他會尊重我們的決定。」

「多未，妳想怎麼做？」

「當然要阻止悖論。」

「妳知道妳在說什麼嗎？」

「嗯，我知道，一切都會消失。我、我生活的世界，還有我記得的所有人，都會消失。」

媽媽的表情露出了猶豫，多未向媽媽露出了微笑。

「我別無選擇。」

「但是……」

媽媽低下頭，沉默地擺弄著手中的圓筒。媽媽還在猶豫。

「閔海未。那是姊姊的名字，對吧？剛剛看到她的臉，我就想起來了。」

當她從嘴中一個字、一個字清晰地說出那個名字時，內心深處就湧起了一股濃烈的思念。這幾十年，她怎能忘記那個名字？怎能忘記如此強烈的情感，還若無其事地生活？當說出姊姊的全名時，又一滴淚水滑落。

「哪怕我會因此消失，我也想救她。」

多未緊緊地握住媽媽的手。媽媽慢慢抬起頭看著她，沒有回答。但媽媽的眼神已經說明了一切。

另一個世界的媽媽已經完全理解了自己要做的事情。就在成為潛水員的姊姊打算放棄一切，出現在年幼的自己的面前，自我毀滅的那一刻，媽媽插手阻止了悖論。當媽媽遮住少女海未的眼睛時，她也用手掌遮住自己的眼睛。

她以為這樣就結束了。

但她並沒有消失。她的世界和未來仍然存在。唯一可預見的可能性只有一種：悖論還沒有結束，而姊姊和她之間也形成了一個循環。姊姊又打算消滅自己了。

現在只剩下一種方法了。

41

2025——海雲臺

多未從昏迷的海未脖子上取下針筒，小心翼翼地抱起她，輕輕將她安置在小巷一角。不久後，秀雅踉蹌地走來。

「妳怎麼來得這麼晚？我都快急死了。」

秀雅問道。

「我也有事情要忙。我去三岔路口那邊放了一些東西。」

「三岔路口？」

「是的，媽媽不必知道。」

「海未呢？」

「那邊。」

多未用大拇指指了指後方，海未呼吸平穩，睡得很熟。

「成功了。」

「嗯，一切都按照媽媽說的進行了。」

「我本來以為海未再次引發悖論的話，妳就會回來。因為妳的世界是由海未的悖論創造出來的。」

「嗯，從我的角度看，我並沒有感覺到自己曾經消失過。」

多未微微歪著頭，聳了聳肩。秀雅拖著沉重的步伐走向海未，她倚靠在牆上，凝視著沉睡的海未。

「又失敗了。」

秀雅嘆息道。

「從妳現在還沒消失看來，說明妳姊姊絕對不會放棄。當她醒來，一定又會嘗試引發悖論，同樣的事情會一再發生。這個循環並沒有被打破。」

「那我們現在該怎麼辦？」

「我們已經盡力了，我真的不知道還能做什麼。」

多未不想讓氣氛變得更沉重，故意雙手緊扣，發出伸懶腰的聲音。

「那麼現在該輪到我的計畫上場了吧？我們約定好的。」

多未解開了衣服上的腰帶，並從昏迷的海未身上取下腰帶，將其圍在自己的腰間。

「輝說過重要的不是改變過去，而是治癒傷口。我們努力掙扎的時間並非毫無意義。這絕對是正確答案。必須有人記住這一切，記住我們為了彼此所做的努力。」

儘管多未做好了準備，但秀雅臉上的神情仍是痛苦的。多未皺起眉頭，催促秀雅。

「媽媽，要結束這一切，只有這個辦法。」

「我知道，可是……」

秀雅猶豫了一下，還是無法下定決心。

「多未，妳真的沒關係嗎？」

「嗯，我不能這樣活下去。我一定要看到這一切的結局。」

秀雅一言不發地解開了自己的腰帶，替海未戴上。

「媽媽！妳在做什麼？」

「我想一起看到結局。」

多未還來不及阻止秀雅，秀雅就轉動了腰帶上的旋鈕，然後海未消失，前往了未來，去了與她所屬的世界截然不同的另一個地方，回到了一切開始的原始時間線。

「再見了，海未。現在我能為妳做的只有這些了。」

秀雅向虛空中輕聲道別，慢慢地站了起來。

「現在，讓我們結束這一切吧，多未。」

「嗯。」

秀雅擁抱了女兒。兩人互相擁抱，靜靜地站立。不需要言語，也不需要無關痛癢的問候，即使不說話，她們也知道。

「現在真的要走了。」

多未說道。

「好，結束這一切吧。」

秀雅輕輕地揮手，就像很快會再見面一樣。

多未轉動了腰帶上的旋鈕，感受到一股力量將她整個身體拉向未來。就這樣，她飛向了海未的世界。

＊＊＊

又是另一個未來，另一個世界。

在潛水機上著陸的多未謹慎地環顧四周。帳棚裡頭的景象和她出發時的世界並沒有什麼不同，要說兩個世界的不同處就在於：懸浮的全像圖時鐘上所顯示的日期，還有就是桌子上躺著的、沉睡的自己。

在另一個世界中的多未腿好像受了傷，坐在輪椅上。她發燒的額頭滲出汗水，毯子被血染成了紅色。她顯然由於長時間暴露在輻射下而相當疲憊。

多未小心翼翼地拿起桌上的智慧通訊棒打給雙胞胎。電話那頭傳來熟悉的聲音，她先打了招呼。

「是我。閔多未。」

電話那端沉默了片刻。

——妳不屬於這個世界。

「呵呵，被發現了。你是怎麼知道的？」

——在那條時間線上的媽媽比妳更嚴厲。

「這樣嗎？我不知道。」

——馬上回到過去。那不是妳所屬的世界。

「這句話也同樣適用在你身上。在現在這條時間線上，雙胞胎都會死於腹中。你們兩人都不會出生。」

——妳為什麼來到這裡？這不在計畫之中。

「我來是為了道歉。」

——沒必要。需要道歉的不是妳。

「你過得很辛苦吧？」

——不要說了。

「坦白說，我不清楚你們到底經歷了什麼事。我所認識的你們才三歲，但我還是想對你說一句話。」

多未深吸一口氣。她必須說出這些話，雖然這不是她的責任。

「我很抱歉讓你們受苦了，我替你們的媽媽向你們道歉。」

——我們真的盡力了。

電話那頭的輝聲音哽咽。

——我們嘗試了一次又一次，無數次，用盡所有方式探索所有可能性。但無論如何改變過去，都不存在一個能讓媽媽幸福的未來，我們也是……我們也沒有得到幸福。

「是啊，人生本就如此。」

多未盡力安慰著他。

「你們一定很辛苦。」

——我想放棄了，想結束這一切。

「現在還不行。」

——為什麼？

「因為還有最後一次機會。」

——這是什麼意思？

「很快你就會明白。」

多未放下智慧通訊棒，凝視著另一個自己。可憐的人。妳經歷了我未曾經歷的失落。對不起，讓妳面對這樣的結局。

——妳打算引發悖論？

智慧通訊棒傳來聲音。

「她是一切的關鍵。是因為她開始了時空旅行，所以我才會出現。如果我現在碰觸了她，就會產生時間悖論。只要我們兩人都消失，所有的時空旅行就會變成未曾發生過，一切將回到最開始的狀態。」

——不行，媽媽，不要那麼做。

「別擔心，循環只會在我和她之間形成，不會影響到原始時間線上的閔多未和原始世界。最初的世界將保持原樣。」

——但是……。

多未將手放在沉睡的自己的頭上，但還沒來得及撫摸，她的手就變成了暗紅色的泡沫。與此同時，周圍的世界也開始化為泡沫，漸漸消散，就好像從未存在過一樣。

多未感受著自己的存在逐漸化作暗紅色泡沫消失，緩緩地閉上了眼睛。

42
2025——海雲臺

當多未離開後，掉落在地上的腰帶變成了暗紅色泡沫。秀雅困惑地看著它，心中思索著。那到底是誰的腰帶？我確定曾有人和我在這裡，一起度過了一段時間。但那……到底是誰？

她想不起來了。

但有一件事是確定的。還有未完成的任務。第三次地震即將發生。要將一切恢復原狀，她還有一件事必須完成。秀雅擦乾眼淚，向附近的屋頂走去。她感到頭暈目眩，綁著繃帶的傷口滲出了血，在地面留下了清晰的痕跡。

她看見海未進入旅館。秀雅從口袋中拿出手機，打開了通訊軟體。她和女兒的最後一次對話內容還留著。

＞＞我正要過去那裡。妳留在房裡，免得我們錯過。

＞＞不對。妳快到地鐵站來。

秀雅再次打著訊息。儘管知道女兒會在那裡孤獨地死去。每輸入一個字，她的指尖彷彿都在撕裂。

＞＞海未，等等。我會過去。無論發生什麼情況，都不要離開房間。

她按下了傳送鍵。

就這樣，所有的歷史都回到了最初的狀態。

43

2049——海雲臺

潛水機發出巨大的噪音並吐出了海未。她從樓梯上滾了下來，多未嚇了一跳，推著輪椅靠近了姊姊。

「呃……姊姊？姊姊？」

那張她思念的面孔就在眼前。多未從輪椅上摔到地面，匍匐爬向海未。淚水滴滴答答地落在海未的臉上，但多未毫不在意，緊緊擁抱姊姊的臉龐。既欣喜又悲傷欲絕。

「嗯……是……多未嗎？」

「我再也不會放開妳了……絕不……」

「嗯，多未。我也永遠不會放開妳。」

海未神智模糊地擁抱了妹妹，但很快又失去了意識。

***

當海未再次睜開眼睛時，她躺在行軍床上。雖然感到不適，但顯然是妹妹將她搬到了床上。她緩緩坐起。

「醒了？」

坐在旁邊的多未邊說邊放下一杯熱咖啡。

「嗯。」

多未看起來有些不同，更輕鬆與溫暖，就像媽媽一樣。多未撿起滑落的毯子，蓋住她的肚子。

「妳可能已經猜到了。我不是妳所認識的那個妹妹，這裡也不是姊姊妳的世界。」

「那這裡是……」

「最初的時間線，一個沒有姊姊的世界。所有的時空旅行都被抹去了。」

「原來如此。」

「我很想念妳，姊姊，我有很多話想對妳說。」

多未說著，遞給她旁邊的咖啡。海未小心翼翼地接過杯子，一股孤獨卻溫暖的香味觸及她的鼻尖。她將咖啡送到嘴邊。

「妳還記得嗎？妳一直緊緊握著那個，怕它被撕裂，一直沒放手。」

多未指向她的另一隻手。她的手中握著皺巴巴的信紙。那是她當天想給媽媽的信。不知道被讀過多少次，折痕處幾乎要斷了。

信的背面寫滿了密密麻麻的手寫字跡。是媽媽的字跡。她放下咖啡，開始閱讀信件。一行行讀下去，她的手開始顫抖。

「多未，媽媽在哪裡？」

「媽媽代替妳，留在那裡了。」

「不可以！」

海未試圖起身，但被多未制止了。

「妳打算做什麼？」

「我要回去。我必須回去救媽媽。」

「怎麼救？」

「把腰帶還回去。我留下代替……」

「又要從頭開始這一切嗎？」

激動的多未突然舉起了手中的東西。原來，她手中的不是瞄準器，而是一把手槍。多未笨拙地用雙手握住槍，瞄準了潛水機。槍聲響起，不絕於耳。多未不停地扣動扳機，直到彈匣空了。潛水機被轟出了許多彈孔，火花飛濺。伴隨著巨大的震動，潛水機的電源永遠熄滅了。

多未扔掉冒著煙的手槍，說道：

「姊姊，求妳，住手吧。」

現在，

在這裡

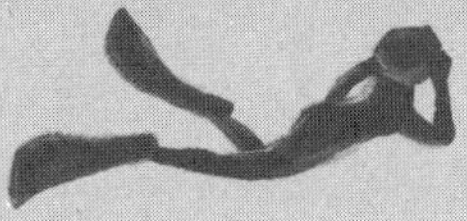

44

2050——首爾

給海未

如果此刻妳正在閱讀這封信，很可能代表多未的計畫成功了。一切回到原位。真是太好了。

我多希望能親口告訴妳這些話，但恐怕我們沒那麼多時間。因此，我用這封信留下我最後想對妳說的話。要是這令妳感到失望，請妳原諒媽媽。

對不起，這可能會讓妳感到有些困惑。媽媽是科學家，只能用這種方式表達自己想說的。

海未，我們所處的世界其實遠比我們想像得要混亂與複雜，哪怕在實驗室裡也很少有事情能完美運行，每一次的實驗都會出現誤差，意想不到的結果層出不窮。縱使是我們深信不疑的公式和數字也會脫離觀測範圍。不管多努力，即使是微小的干預也可能使一切可能性崩潰。我們唯一能做的只有將所有的時間與能量投入到極其渺茫的機率上，寄望一切能有好的結果。

海未。

宇宙其實是一片無垠的虛無空間。對粒子來說，宇宙之廣闊使它們永遠不可能相遇。它們無法碰觸到彼此，也無法到達對方所在的地方，永遠孤獨地存在於這個空曠的世界裡。粒子內部是空的，只充斥著互相排斥的力量，它們唯一接觸的時候是在碰撞的瞬間。當它們被強大得足以破壞核心的磁力引導，相互撞擊，粉碎成碎片時才能真正地看到彼此的內部，就像我們曾經的相遇一樣。

但粒子內部同時蘊含著所有可能性，像是一瞬間穿越銀河到達宇宙另一端的可能性；連續數億次拋硬幣全都正面朝上的可能性等。這些在數學上機率並非為零。我們實現某事的機率永遠都存在。我們彼此相遇的可能性始終不是零。

但看來，現在還不是時候。縱使遺憾，海未，我們再次相遇的時機似乎還沒到。等到我們能更安全地操控時間，到達一個不再有人貪戀俗氣的權力，人類成為真正成熟、細膩，不再彼此憎恨或不悅的未來，那時，我們或許能揭露真相，逆時間而上，拯救所有人。等待必然是艱難的，但我們必須等待那一天的到來。現在我們必須接受分離。

別太難過，海未，我們之間是緊密相連的，這一點無庸置疑。曾互相影響過的粒子就像樹根相連的樹木一樣，緊緊相扣，即使我們置身遙遠的兩地，這種連結也絕對不會斷裂。不認定未來，保留所有可能性的粒子，永遠能夠有機會相連。

所以海未，我們必須記錄下每一件事，確保在遙遠的未來，我們也能夠回想得起來。這麼做的話，我們總有一天會再次相遇。那一天，在那裡。

海未，現在我要真正地道別了。

我會在那裡等妳。

媽媽，在未來

***

「我對沈慧善的記憶就到這裡為止。」

多未關上平板電腦，輕聲說道。但坐在桌子對面的人只是沉默地將冷掉的咖啡送到嘴邊。旁邊靜靜聽著的海未，小心翼翼地問：

「伯父，我們沒有碰觸到您的傷痛吧……」

「不，我很感激妳們能鼓起勇氣告訴我這一切。慧善到最後都那麼勇敢地幫助別人……。能夠知道這一切，我非常高興。真心感謝妳們。衷心的。」

慧善的父親低下頭表達了深深的感激。隨後他平靜地望向窗外，臉上流露出一絲孤寂。

兩姊妹從海雲臺回來後就開始記錄一切。那一天，在那裡，她們親眼所見的場景，以及制定計畫時了解到的無數小故事。她們鉅細靡遺地記錄下那些僅憑遺體與監視器所無從知曉的故事。

今天傳達的關於慧善的故事是其中之一。二十五年過去了，慧善的父母依然無法忘記愛女。

「其實我們正在計畫這個。」

多未靜靜地遞過一張紙，慧善的父親一語不發讀了好半晌，臉上的表情複雜，無法得知他的想法。

「謝謝妳們，我一定會幫忙的。」

「非常感謝您。」

慧善的父親表示想在咖啡廳多待一陣子，海未起身告別後推著多未的輪椅走出咖啡廳。當她們推開咖啡廳的門，寒冷的空氣迎面而來。外面正在下雪。多未伸出手掌接住飄落的雪花，輕聲道：

「是初雪。」

「是啊。」

她們呼出的氣息在寒冷中化為飛舞的白色粒子。海未緩緩推動輪椅，每邁出一步，淺淺的雪地都會留下深刻的輪痕。在那彷彿永遠不會交會的平行線之間，海未的腳步一點點地填滿空白。她對妹妹說道：

「我們回家吧。」

所有流逝時間的盡頭

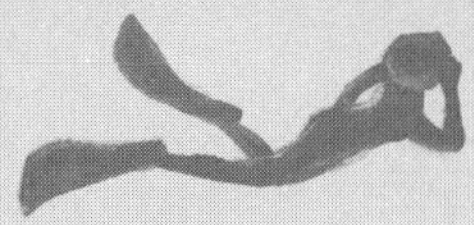

45

2025——海雲臺

剛打完訊息，秀雅的手機無力地掉落。緊張消除後她的身體崩潰般癱倒在地。她靠著頂樓的欄杆，雙手捂住臉，她現在只想好好休息。

現在真的結束了。

餘壓不足。餘壓不足。耳機裡開始傳出尖銳的警告聲。這段旅程真的太漫長了。她曾在永恆的時間裡掙扎，多次想要放棄。她心想當泡沫消散時，所有的記憶也將被推出時間的界線，消失無蹤。她這麼想著，扔掉了耳機，放鬆地等待最後時刻的到來。

就在這時，天空中突然掉下了東西。她看了掉落在地上的物品。是一條腰帶。

她不自覺地撿起了腰帶，腰帶上夾著一張照片。那是在一座熱帶島嶼上拍攝的。海末和多未看起來比她記憶中的要老許多，還有輝與賢。照片背面寫著一段簡短的訊息。

媽媽，對不起，我們實在等不到和媽媽約定的那時候了。所以我們全家人合資買下了一座無人島。

我們在那裡見面吧。

海未&多未

讀完信後，秀雅又哭又笑，用盡全力轉動了腰帶上的旋鈕。徘徊於這紛亂的時空，經過漫長的等待，終於能再次與深愛的家人重逢。

她決心再也不分開。

作者的話

強烈警告。

我很清楚這世界有一種人就像暴走族一樣，一翻開書就先翻到最後一頁看後記。本段內容有雷，請您抑制激動的心情，回到這本書的最前面，從頭開始閱讀。

身為作者，要寫這段話真的很難。這代表我要與手頭這部奮鬥了一年多的作品告別，宣布它已準備好面世。就像許多工作一樣，作家的寫作過程總是有些混亂，經常偏離計畫，很少能按計畫走。對自己的作品持有客觀的自信幾乎是不可能的。所以每當這個時刻來臨，我總會感到膽顫心驚。但我能如何呢？它面對這個世界的時間到來了。

許多人建議我寫冷靜、情感濃度較淺的文字，處理靜態、深刻的內在故事。也許這就是當下的潮流吧。但我更喜歡熱情而非冷漠的文字，喜歡情感豐富而非情感淺薄的句子。我喜歡那些生動、有活力的文風，而不是華麗裝飾的詞藻。

我無法確定，用這樣的文字寫成的《時空潛水》對其他人來說是否是一個好故事，是一本足夠有趣的小說。但有一點我很確定。這是一個只有我能寫的故事。沒有人會這樣寫。至少我想寫這樣的故事。

我希望你們也能喜歡這個故事。

俗話說，物以類聚，人以群分。這個故事就像時空旅行一樣，被精心設計，以便您回到開頭反覆閱讀。每一次閱讀都能感受到不同的樂趣，就像不斷進行潛水的潛水員一樣，我期待您再次回到第一頁。為了讓您的第二次閱讀更加愉快，我想提供一些指引。

《時空潛水》以我居住的城市釜山為背景。小說中的所有場景都是真實存在的。您可以親自去參觀，親自走遍這些地點。您只要使用智慧型手機上的地圖應用程式就能開始探索。

我們的旅程可能會從海雲臺地鐵站開始，走出三號出口，朝海灘方向走去，不久後您會在左邊發現一家咖啡廳。那家有著綠色海妖標記的連鎖咖啡廳，就是海未和秀雅發生爭執的地方。

經過咖啡廳繼續往前走，您將會看到一家漢堡店。左轉進去，很快就會看到一座大型購物中心。它的建築外牆是棕色的，購物中心上方聳立著一家飯店。沒錯。您現在正站在海未和秀雅屢屢錯身而過的三岔路口。

現在，讓我們轉身背對飯店，走向正前方的小巷。穿過曲折的小巷和一家老年糕店，您會看到一個市場。這正是本書最前面出現的水產市場。如果您仔細尋找，可能還會發現海未和多未曾經搭建帳棚的角落。

雖然因為新冠疫情，您在短時間內可能無法造訪釜山。但或許有朝一日，當所有的危險都消失後，您能親自到海雲臺的一家咖啡廳，舒舒服服地打開這本書。想像戴著白色藍牙耳機走過的行人或許是來自未來的潛水員。那將會是一次非常愉快的體驗。

不過您要小心，如果真的發生了事故，那個地方隨時可能變成地獄。地圖上雖沒有標出，但出事的發電廠距離您所在的地方僅二十公里遠。

是的，我們與可怕的死亡的距離就是如此之近。為了避免誤會，我並不是一個積極支持脫核的人。相反地，為了防止霧霾與地球暖化，我認為我們可能需要利用下一代核能技術，如核反應堆等。但我們所有人都必須清楚地認識到，有些人正在為了某些人的便利，冒著生命危險。而且這樣的人超過了五百萬。

災難總是一個需要謹慎對待的話題，特別是對我們來說。因此，在開始這個故事之前，我設定了一些規則：不直接提及任何現實中的災難事件；不故意誇大對災難的描述；最重要的是，不描繪政府無能。在這類故事中，某些作者往往喜歡誇大悲劇，描繪政府與官僚的無能。為了劇情的趣味性，這在一定程度上是可以接受的典型做法。然而，這一次我不想這麼做。我們經歷了許多事情，也完成了許多事情。如果將來發生類似的事情，我認為我們有權擁有一個比現在更能幹的政府。這也是必要的。

我小時候目睹了一場災難，長大後又見證了另一場。有些悲傷超越了時間限制，永遠不會被抹去，留在記憶中。還有，它在漫長的時間裡會一再重演，秀雅和她的兒孫一代又一代地重複類似的悲劇。傷痛因而被傳承，我們繼續犯著同樣的錯誤。

但會被傳承的不只有壞事。不容質疑地，好事一定也同樣被傳承著。我們正在逐漸累積的正面的微小影響，或許正一點一滴地改變著未來，終有一日，我們能夠打破悲劇的循環。

這樣的想像符合我夢想中的「天堂」形象。我沒有宗教信仰，但我相信神，也相信有天堂。與許多人的誤解不同，聖經中描述的天堂並不在天空的另一端。天堂意味著神的王國建於這片土地上，象徵善的意志在這個土地上得以實現。換言之，天堂就是我們現在生活的這個地方。是遙遠未來的此處。

這也意味著打造天堂的任務掌握在我們手中。只有當我們不破壞我們居住的這顆星球；當我們彼此善意相待時，天堂才會降臨於此，否則這裡將成地獄。

興許在遙遠的未來，我們會理解時間，會擁有力量，知道如何穿越無數的時間去糾正我們所經歷過所有的不幸與悲劇。聖經中不是這麼說嗎？那一天到來時，肉身將於在這片土地上復活。也許時空旅行就是天堂開始的鑰匙，就像秀雅和孩子們在無人島重新相遇一樣，或許所有經歷過悲劇的人都被轉移到遙遠的未來，在沒有悲傷和憂鬱的地方享受永恆的幸福。

我常常這樣想像，並真切地希望這樣的未來能夠到來。

在這種意義上，當您再次閱讀這本書時，不妨試著從雙胞胎的角度，而不是海未和多未的角度來看待這個故事，怎樣呢？如果您用未來，而非現在的視角來觀察，您可能會發現另一個全然不同的故事。為了幫助理解，我想補充一些關於量子世界的說明。

雙胞胎的時空旅行帶出了許多量子力學的中心思想。我想像了一種荒謬的科學可能性：如果量子的特性「可能性的疊加」一一被擴展到時空間的規模。在首爾，那棟進行測試的大樓，是一種量子電腦，每個房間都是一種量子位元（Qbit）。所有的房間都充滿了各種不同可能性的海未與多未的疊加狀態。

想像一下，您站在一條兩旁有著數百扇門的走廊前，只有一扇門通往您想去的房間。您該怎麼做才能找到正確答案呢？傳統的電腦需要一一打開門才能找出答案。打開第一扇門，關上，再打開第二扇門。以此類推。而量子電腦利用了量子的「疊加」特性，可以同時打開許多扇門。說得極端一點，高性能的量子電腦可以同時計算所有可能性。但有一個缺點，它無從得知同時打開的門中，哪一扇門是正確答案。雙胞胎還是避免不了一一打開門，確認哪一個是他們想要的未來。

您所看到的只是無數的可能性之一。僅此而已。另一個世界的閔海未和閔多未會迎來截然不同的結局。是否有您內心所渴望的那個結局呢？也許那個結局也存在於無數次重複的可能性中。也許想像我們未能遇見的另一個閔多未和閔海未活在那個結局中，能讓您獲得一些安慰。

假如您身邊也有人看了這本書，你們可以討論一下書中最後出現的戴著防毒面具的男人的真實身分。會非常有趣的。透過討論，能看出每個人看待這本作品的角度，有點像心理測驗一樣，能夠直接反映出那個人的觀點與思考方式。我們的主角們到底在與什麼抗爭？您又是為了什麼與這個世界對立呢？我希望這個故事能在各種角度被解讀，就像現實世界那樣複雜多變，因此我不打算直接解釋我想表達的意思。

喔？您身邊沒人看過這本書嗎？那不妨推薦給他們閱讀一下吧（笑）。

完成一本書需要許多人的合作與幫助。這本書也不例外。首先，我要感謝第一時間閱讀作品並幫助我的作家沈倆鬱（音譯）與作家黃毋科（音譯），和我一同深入思考以女性為主角的故事的作家千先蘭與作家李魯卡（音譯），審視核能事故部分的作家南世五（音譯），檢視時空旅行部分的《超時空奇俠》（Doctor Who）專家暨作家洪俊英（音譯），到最後都帶給我能量的作家林泰雲（音譯）；讀秀雅的信讀到流淚的作家李鍾山（音譯），替育兒部分增添細節的作家吳靜妍（音譯）和作家宋京娥（音譯）；爽快應允接受採訪的Jea和作家李夏真（音譯），感謝從頭到尾與我一起工作，讓這本書得以誕生的Safehouse Teo PD和Mo PD，替我將未臻完善的原稿潤飾成更優美的文章的編輯南恩慶（音譯），使全書裝幀精簡幹練的設計師朴妍美（音譯），設計出令人驚嘆的美麗插畫封面的畫家邊英根（音譯），還有Safehouse全體員工。此外，我還想對寫作期間，耐心包容我的敏感的家人們表達謝意。

最重要的是，購買並閱讀這本書的各位，
我無比感謝你們一直以來的支持。
期待未來有一天再與各位相遇。

2020年，冬始
李庚熙

編輯的話

《時空潛水》是Safehouse原創系列中的首部長篇科幻小說。更進一步細分的話，它隸屬於時空旅行的科幻子類別。我非常好奇各位讀者是否透過李庚熙老師的這本作品，享受了一趟精采的時空旅行。

每次當我準備寫「編輯的話」時，我總是不由自主地回想起作品創作初期的情形。我記得我是因為其他作品而遇見李庚熙老師，也在那天不經意地遇見了這個故事。對我來說是初次相遇，但對老師來說，這是他長時間嘔心瀝血的心血結晶。在與他的深層思考進行交流時，我所能貢獻的，僅僅是略添一丁點的深度。李庚熙老師總是能克服難關。如今回顧那段流逝的時間，這個故事的意義再次深深地觸動了我。

正如我剛才所說，我們總認為時間是流動的。時間從過去流向現在，再流向未來。當每年年末臨近時，我們會焦慮回顧年初制定的計畫是否已經實現。面對不停歇的時鐘，感嘆時間的流逝。

但究竟什麼是「現在」呢？在我們說「現在」這個詞的時候，時鐘依然在走動。那麼剛才說的「現在」已經成了過去嗎？還是仍然是現在呢？或者不知不覺間已經是未來了？

牛頓相信真正的時間是無法由時鐘來衡量的，即使是最精密的時鐘也只不過能夠模糊地反應出屬於「上帝感知」的崇高絕對時間，而且宇宙萬物都在唯一的、單一方向不斷流動的宇宙時間長河中前行。

總而言之，自愛因斯坦提出相對論以來，時間不再是絕對流動、單向前進的概念，而是與空間交織在一起，共同構成了扭曲的時空。在這樣的時空結構中，無數的時間線如蜘蛛網般並存，以相對的方式存在。雖然這一概念很難理解，但由於宇宙的本質是動態的，而非靜態的，因此時間或者說時空間，也處於不斷變化的狀態，而不是靜止不變的。

您可能會覺得怎麼突然討論起時間……科幻小說雖然基本上是虛構的，但它與科學發展緊密相關，並形成一種互補關係。我剛才提到的愛因斯坦的理論，在理論上乃至科學上都為時空旅行保留了可能性。

儘管根據當前的理解，目前時空旅行僅在理論上可行，現實中似乎不可能實現。然而，許多科學家正在努力解開愛因斯坦方程式中難以理解的「解」，並試圖找到解決包括「祖父悖論（Solution to the Grandfather Paradox）」在內的各種悖論的新「解」。在此期間，自1895年H·G·威爾斯（Herbert George Wells）發表小說作品《時間機器》（The Time Machine）以來，科幻作家們已經創作出無數關於時空旅行的故事。

雖然在現實中還做不到，但我們可以透過故事自由體驗時空旅行，也許有朝一日，我們能從這些故事中尋找到線索，來一場真正的時空旅行。

如我在之前所提到的時間本身並不是流動的，但創作小說無論是花費一天還是一週，始終是一門需要投資時間的藝術。從第一句開始，到最後一句結束，整個作品才得以成形，並從作者手上順利送達到讀者手上。在本質上，小說的前進方向是從前往後的，即使作品中可以自由地穿梭於過去與未來，但閱讀小說的過程，仍舊如同沿著一個隱形的巨大箭頭，一步步地探索前行。

在無數並存的時間線中，對於所有願意走進《時空潛水》中的海未、多未與秀雅的時間線的讀者，我在此致上深深的感謝。

Safehouse故事PD

尹成勳（音譯）敬上

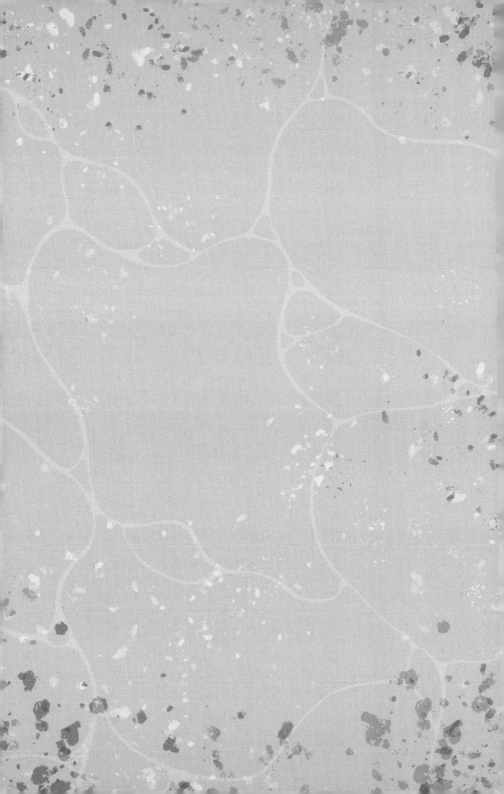

一 2045——首爾

砰。

槍口迸發出火光，鮮紅的血液濺到了潔白的牆面上。媽媽就像一具假人模型一樣僵硬倒地，與冰冷地面接觸的瞬間，發出了一聲沉悶的聲響。

扣下扳機的輝彷彿力量瞬間被抽離，無力地倒下，手槍隨之落地。

「我不是故意要射中她的頭的……我只想讓她受點傷，沒有想要她的命……」

在對面房間的賢急忙爬起來，奔向隔壁的房間。輝那時幾乎已處於昏迷邊緣。賢的視線不自覺地轉移，他看見媽媽被子彈穿透的臉孔，視野驟然被鮮紅色充斥。頭暈目眩，彷彿有人的手指插入眼眶，從兩側緊抓他的頭骨猛烈地搖晃。他必須竭盡全力保持鎮定。

阿姨無力地坐在地上，就坐在媽媽的身邊，狀況同樣糟糕。賢知道他必須先安置好阿姨。他抓住阿姨的後領，將她拖到隔壁的房間，讓她在椅子上坐好並銬上手銬。一切完成後，他又回到原本的房間並關上了門。現在這裡只剩下他和輝，還有死去的媽媽。

輝的手槍靜靜地躺在地上，賢撿起還在冒煙的手槍，悄悄地放下自己的手槍。這是他下意識中迅速做出的決定。

賢走到輝的身邊，跪下。

「輝，振作起來。」

「我沒有想過殺媽媽……要不是阿姨衝過來……」

輝仍然沒有完全恢復意識。賢拍打了輝的臉頰，手上的血留下了紅色的痕跡。

「清醒點，看著我的眼睛。」

輝用渙散的眼神仰望著賢。在鮮明的疤痕上，如珍珠般的透明瞳孔彷彿即將破碎。該死的。賢緊閉雙眼，深吸了一口氣，試圖平復呼吸。他下定了決心。

他捧著輝的臉，嚴肅說道：

「聽好了，是我開的槍。在你扣下扳機之前，阿姨已經踢飛了你的槍，所以你根本沒有開過槍。開槍的是我。是我開的。明白了嗎？你沒有射過媽媽。」

賢彎下腰，撿起地面的手槍並遞給輝。

「看，子彈還在裡面。」

輝顫抖著手檢查了彈匣，裡面的子彈依然是滿的。是真的嗎？隨著緊張緩解，他的肩膀放鬆地下垂。賢緊緊擁抱著他唯一的手足，堅定地說：

「別擔心。射媽媽的是我，以後也會是這樣。」

雙胞胎彼此依靠，慢慢站了起來。賢一邊擦拭輝臉上的血跡，一邊說道：

「我們重來一次。這次一定要讓媽媽幸福。」

輝點頭同意，轉動了腰帶上的旋鈕，身影瞬間消失。

賢獨自留在房間裡，茫然地凝視著媽媽的遺體。遺體並不重要，它只是無數可能性之一。真正重要的是記憶。如果透過時空旅行不斷重寫自己的過去，潛水員的記憶會變得支離破碎。這樣的潛行持續數百次，輝到最後不會清楚記得誰做過什麼。我也是如此。

輝，別擔心。一切都是我做的。我會讓事情變得如此。

賢心裡這樣想著，從口袋裡掏出刀子，在自己的臉上刻下了一道傷痕。

國家圖書館出版品預行編目（CIP）資料

時空潛水：The time to save you/ 李庚熙著；黃莞婷譯. -- 初版. -- 臺北市：臺灣東販股份有限公司, 2025.01
352 面；14.7×21 公分
譯自：그날, 그곳에서
ISBN 978-626-379-735-2(平裝)

862.57 113018739

時空潛水

The Time To Save You

2025年1月1日初版第一刷發行

著　　者　李庚熙
譯　　者　黃莞婷
特約編輯　何文君
副 主 編　劉皓如
封面設計　水青子
美術編輯　林佩儀
發 行 人　若森稔雄
發 行 所　臺灣東販股份有限公司
＜地址＞台北市南京東路4段130號2F-1
＜電話＞(02)2577-8878
＜傳真＞(02)2577-8896
＜網址＞https://www.tohan.com.tw
郵撥帳號　1405049-4
法律顧問　蕭雄淋律師
總 經 銷　聯合發行股份有限公司
＜電話＞(02)2917-8022

TOHAN